봄을 우려 그대랑

봄을 우려 그대랑

초판 1쇄 인쇄 2022년 3월 11일
초판 1쇄 발행 2022년 3월 15일

지은이 권광미
펴낸이 양동현
펴낸곳 아카데미북
　　　출판등록 제13-493호
　　　주소 02832, 서울 성북구 동소문로13가길 27
　　　전화 02) 927-2345 팩스 02) 927-3199

ISBN 978-89-5681-203-8 / 13810

＊잘못 만들어진 책은 구입한 곳에서 바꾸어 드립니다.

www.iacademybook.com

봄을 우려
그대랑

권광미

아카데미북

꽃과 꽃차의 눈부신 여정이 시작됩니다

"얼른 일어나서 밭 매러 가야지!"

아유, 지겨워. 빨리 커서 도시로 도망가야지! 그땐 그랬다. 유년 시절 그렇게 벗어나고 싶었던 시골. 다시 돌아보면 지금의 내 삶에 자양분이 되었던 시절이다. 십리 길을 걸어서 면 소재지에 있는 학교를 다녔고 이른 봄 교정 화단에 피었던 하얀 목련꽃과 4월의 등나무 벤치는 잊히지 않는 봄날의 기억이다. 하굣길, 오르막이 버거울 때마다 달짝지근한 찔레 순을 한 입 베어 물면 갈증이 사라졌고, 삐삐풀로 껌을 만들어 씹기도 하였다. 시원한 그늘이 되어 주었던 신작로 옆 커다란 아카시나무는 친구들과 별다른 약속이 없어도 모이는 수다 카페였다. 코스모스꽃으로 길게 이어진 십 리 길에 이슬 맞은 고추잠자리는 날개가 무거워서 날아가지도 못하고 꽃 위에 웅크리고 있었다. 한 밭 가득 피었던 도라지꽃이 그때는 예쁜 줄도 몰랐고, 눈만 뜨면 보이는 들꽃들은 당연히 피었다가 지는 줄 알았다. 나는 그렇게 열아홉 해를 그곳에 있었다.

튈 것도 없고 뒤질 것도 없는 고만고만한 삶이었다. 신은 왜 나에게 특별한 재능 하나를 주지 않았을까. 살아오면서 항상 어깨를 묵직하게 짓누르던 숙제, 그 실마리가 꽃차를 하면서 풀린 듯하다. 평생직장이 될 줄 알았던 은행원은 외환위기의 파란 속에서 정리해고 1순위가 되었다. 늦은 나이에 대학 강단에서 젊은 피를 수혈 받은 적도 있었지만 10년도 채우지 못한 그리 길지 않은 시간이었다. 결국 그 모든 여정을 모아서 꽃 피울 곳에 이제야 안착한 기분이다. 순리를 믿게 되는 나이. 지나온 시간들이 퍼즐 맞추듯 제자리를 찾고 있다.

40 중반을 넘기고 새해를 맞이하던 그해. 문득 10년 뒤의 나를 생각해 보게 되었다. 10년 뒤에 나는 무엇을 하고 있을까. 무엇을 하며 살고 있으면 행복할까. 그런 생각으로 골똘하던 어느 날, 종이신문 한편에서 보게 된 '꽃차'라는 키워드가 가슴을 방망이질하기 시작했다. 그 막연한 설렘은 한동안 좀처럼 가라앉지 않았다. '아무것도 하지 않으면 아무 일도 일어나지 않는다'는 명언이 그때는 아직 내 머릿속에 없을 때였다. 설렘을 현실로 만들어 보기로 결정했다. 하던 일을 병행하면서 고액의 기회비용을 써 가며 대전으로 서울로 미친 듯이 꽃차를 배우러 다녔다.

어느 해 가을날 오후 5시, 해가 뉘엿뉘엿 저무는 시간. 모두 하루 일과를 마무리하고 집으로 향하는 시간에 나는 일을 마치고 핸들을 청주로 돌렸다. 미처 배우지 못했던 꽃차를 배우기 위해서였다. 자정을 훨씬 넘긴 시간에 녹초가 되어 집으로 돌아오기 일쑤였지만 한 번도 갈까 말까 망설인 적은 없다. 내 안에 그런 열정이 다시 올라올 수 있을까. 내 인생에서 꽃차가 활화산이 되었던 화양연화는 그때가 아니었나 싶다. 어느새 50대 중반을 맞이하였고 나는 꽃과 꽃차 속에서 10년 전에 꿈꾸었던 새해의 소망을 현실로 만들었다.

꽃차는 내 삶에서 많은 비중을 차지한다. 꽃을 키우고 꽃을 채취하고 꽃차를 만들며 사람들과 함께 꽃차를 즐기는 일이 나의 주요한 일과가 되었다. 그런 일상을 틈틈이 기록으로 남기는 나를 발견하였다. 문명의 이기로 모바일 폰이 물아일체가 된 시대에 무엇인가를 바로바로 기록하는 건 어려운 일이 아니었다. 꽃비 내리는 벚꽃나무 아래에서도, 꽃향기가 진동하는 생강나무 아래에서도 꽃을 둘러싼 소회를 기록으로 남겼다. 무거운 가방을 매고 힘차게 학교로 가는 아들의 뒷모습에 위로 받던 단상을 텍스트로 남기기도 했다. 투병하던 엄마의 기록, 꽃을 가꾸고, 따고, 매만지며 밀려오는 수만 가지 생각들을 그때그때 기록하였다. 나의 SNS 계정 곳곳에도 흔적을 남겼다. 기억은 망각되기 십상이니 순간을 붙잡아 놓고 싶었던 모양이다. 더러 몇몇 지인은 내 글이 재미가 있고 괜찮다는 피드백을 해 주기도 했다. 기록의 습관은 또 하나의 기적 같은 일을 만들었다. 책을 써 보기로 마음먹은 것이다. 그리하여 나는 매일매일 중첩되는 일과 속에서 글을 쓰고 다듬으며 버거운 몇 개월을 보냈다.

책 제목은 고민할 것도 없었다. '봄을 우려 그대랑'. 나의 정체성인 '꽃차랑'에 운율을 맞추어 만들어진 슬로건이기도 하다. 봄은 단순히 계절만을 의미하지 않는다. 사랑과 희망의 메시지를 함께 담고 있다.

크게 두 파트(part)로 구성하였다. 첫째 파트인 '꽃에게'는 꽃과 꽃차에 관한 이야기다. 꽃차를 만들기 위해서는 셀 수 없이 많은 꽃을 채취해야 한다. 꽃 채취와 꽃차를 둘러싼 사진, 흰 눈을 이고 피는 지심도 동백꽃에서 고향집 분홍 찔레꽃을 거쳐 꽃차에 관한 다양한 에피소드까지 14편을 펼쳤다. 즉 이른 봄에서 겨울까지, 꽃으로 엮는 사계절이 모두 담겼다. 목련꽃 한 아름 안던 단양 피화기마을에서 보낸 하루를 잊을 수 없다. 매년 5월 농부의 기별을 받는 작약꽃밭 소풍의 추억, 「리틀 포레스트」의 임순례 감독은 왜 그 작약꽃밭을 영화에 담지 않았을까. 못다 피우고 하늘로 돌아간 젊은 언니의 핏빛을 닮아 슬프다던 최 선생의 맨드라미 사랑을 빼놓을 순 없었다. 앞치마 질끈 동여매고 사계절 꽃차를 한데 모아 만드는 백화차는 한 해를 마무리하는 소회와 만감의 상징이었다. 꽃은 열매를 맺게 하려는 화려한 몸부림이다. 자연의 숭고한 여정에서 꽃을 따야 하는 나의 미안한 마음도 전하고 싶었다.

둘째 파트 '나에게'는 꽃차를 하면서 순간순간 기록했던 여러 가지 단상들이다. 주로 사람들과 장소와 인연을 담았다. 나비의 작은 날갯짓이 폭풍우를 일으킬 수 있을까. 코로나 펜데믹으로 세상인심이 흉흉할지언정 나의 꽃차 사랑이 백신이 되어 줄 것이라 믿었다. 책을 쓰는 여정에서 코로나를 만났다. 어쩌면 대외 활동이 제한적인 틈에 위기를 기회 삼아 책을 쓸 수 있는 절호의 기회가 아니었을까. 생각만 해도 눈물 핑 도는 아버지 이야기는 꼭 넣고 싶었다. 이를테면 애증 어린 사부곡이다.

그리고 특별히 중간에 보너스 파트를 마련하였다. 좀 더 많은 사람들이 보아 주십사 하는 마음으로 사진으로 꽃차를 감상할 수 있게 엮어 보았다. 꽃차를 만들 때 놓칠 수 있는 중요한 팁도 살짝 공개했다.

　최근 꽃차가 대중화되면서 관심을 가지고 배우며 즐기는 사람들이 부쩍 많이 늘어났다. 나는 '우리꽃차문화교육협회'를 이끌면서 나의 분신 같은 꽃차교육원 '꽃차랑'을 운영하고 있다. 꽃차를 시작하고 오래지 않아 출강한 대학교 평생교육원도 매년 제자를 배출하고 있으며, 기업체와 공공기관의 외부 특강도 줄을 잇고 있어 어느 때보다 바쁜 교육 일정을 소화하고 있다. 꽃차 전문가 정규 자격증 수업과 정부지원사업 교육과정도 진행하고 있으며, 특히 일본인 대상 꽃차 수업은 일본 현지와의 줌(ZOOM) 연결로 성황리에 진행 중이다(코로나가 아니었다면 빈번하게 일본을 드나들 수도 있을 터였다). 문화가 다른 일본인들에게 꽃차를 이해시키는 것이 다소 어렵긴 하지만 소명을 가지고 임하고 있다.

　꽃차에 대한 많은 관심 속에서 꽃차 입문서뿐 아니라 이와 관련한 좋은 책들이 해마다 출간되고 있고, 나도 적지 않은 책을 참고하고 있다. 대부분 꽃차를 만들고 음용하는 기술서이다. 반면에 이 책은 최소한 기술서는 아니다. 조금은 다르게 쓰고 싶었다. 꽃차는 과정이 8할이라는 믿음 때문이었다. 꽃차를 우리고 마시는 데만 목적을 두지 말고 전 과정을 즐겨 볼 일이다. 나른한 봄날 이 책을 펼친다면 꽃이 꽃차로 변신하는 여정에 동참하는 셈이다. 모쪼록 새봄과 더불어 세상의 빛을 보는 이 책이 예쁘게 피어 오른 찻잔 속에서 또 다른 향기를 풍겨 주기를 바란다. 항상 머무름과 나아감의 기로에서 망설이는 나 자신에게도 한 단계 도약하는 밑거름이 되어 주었으면 하는 사심도 함께 비춰 본다.

　눈 감으면 속상하고 눈 뜨면 원망 가득한 그런 시절도 맛보았다. 지나고 보니 다 소용없고 부질없는 일이었다. 내 주위에는 고마운 사람들이 훨씬 더 많다는 사실을 이제는 믿는다. 이 책이 탄생되는 기적적인 결과만 놓고 보더라도 그러하다. 꽃보다 꽃차보다 더 감사한 한 사람, 남편이다. 살아오면서 단 한 번도 나에게 얼굴을 붉히거나 안 된다고 말한 적이 없다. 어떻게 그럴 수 있을까 할 만큼 나에게는 너그러운 사람이다. 지금도 나를 위해 꽃밭을 준비해 주는 사람이다. 퇴직 후 지상의 화원을 만들어 주겠다고 하였다. 꽃차에 빠진 엄마에게 1순위를 빼앗겼어도 꿋꿋하게 자라서 제 역할 잘하고 있는 나의 아들 정현이와 수현이에게 고맙다. 진달래, 으름덩굴, 복숭아꽃, 벚꽃이 피면 꽃 따러 오라고 기별을 주는 양포 바닷가에 사는 언니와 형부께 감사하다. 맑은 얼음 같고 군더더기 없는 담백한 글, 그러나 따뜻한 감성을 독자가 스스로 느끼도록 글을 쓰라고 조언을 아끼지 않은 지인들에게도 감사하다. 그동안 꽃차랑을 다녀간 수많은 문하생도 고마운 분들이다.

졸고를 예쁘게 갈무리해 준 도서출판 아카데미북의 양동현 대표님과 편집자께도 진심을 담아 감사드린다. 하늘에 계시는 엄마, 아버지. 한때는 내가 받는 사랑이 모자란다는 생각에 원망했던 적도 있었다. 지금은 두 분의 사랑이 꽃차를 하는 데 큰 밑거름이었음을 알게 되었다. 보고 계시나요. 두 분, 감사하고 사랑합니다.

꽃차 향기 머무는 꽃차랑에서
권광미

목차

Part 1

꽃에게

꽃

그리고

꽃차

1

동백

동백꽃 그리운 날에

벌써 3월 첫날이다. 나는 지금 새해 들어 첫 꽃차를 만들고 있다.

그제 해남의 은향다원에서 공수 받은 동백꽃 2kg을 새벽이 가깝도록 다듬어 펼쳤다. 그리고는 아침부터 서둘러 물 끓여 살짝 찐 후 뜨거운 솥에 올려놓고 한 송이 두 송이 뒤집어 가며 굽고 있다. 열흘 붉은 꽃이 없다고 했던가. 마찬가지로 꽃차도 만드는 적기가 있다. 꽃은 하염없이 기다려 주지 않는다. 좋은 꽃차를 만들려면 먼저 알맞게 개화했을 때 채취하는 것이 중요하고 그 다음은 꽃차가 완성될 때까지 일련의 과정을 거치는 동안의 태도이다. 게으름을 피워서는 안 된다. 꽃차는 정성이 반이다.

거제 지심도

선운사에 가신 적이 있나요. 눈물처럼 후두둑 동백꽃 떨어지는 그곳 말이에요. 아니요. 전 아직 가지 못했어요. 그럼 조용필 노래에 나오는 꽃 피는 동백섬에 간 적은 있나요. 아뇨 거기도 아직. 거제 지심도 동백 섬은 가 본 적 있지요. 그런데 동백꽃이 없더군요.

월급을 따박따박 받던 젊은 시절, 봄가을에 한 번씩 야유회를 갔다. 그 후 프리랜서 강사를 하면서는 좀체 기회가 없었는데 2015년 4월의 어느 날, 그러니까 내 나이 마흔아홉 살이던 그해 봄, 아주 오랜만에 지심도로 하루 여행을 갔다. 모 대학 시간강사를 하면서 꽃차를 시작한 지 3년차 되던 해였다. 인간 행동을 연구하는 모임인 피플스마트라는 동호회에서 가게 된 봄 야유회였다. 피플스마트는 사람들과의 관계에서 어떻게 하면 좀 덜 부딪히고 소통할 수 있을까를 고민하는 이들이 예측 가능한 인간의 행동 유형을 알아보고 슬기롭게 대처하기 위한 솔루션을 찾는 공부 모임이다. 구성 멤버의 직업은 다양했다. 대학교수, 시간강사, 식당 사장, 직장인, 보험설계사, 학원 강사 등.

거제도 장승포항에서 뱃길로 약 20~30분 거리에 있는 섬 지심도. 섬의 70% 정도가 동백나무 숲이다. 키가 크고 수령이 오래된 동백나무들로 숲을 이루는 곳이라 동백섬이라고도 부른다. 4월 말의 동백섬에는 동백꽃이 없었다. 그 많던 동백꽃은 어디로 갔을까. 다 때가 있는 법인데 동백꽃인들.

좋은 사람들과 함께한 지심도의 하루는 꽃 없는 아쉬움을 잊어버릴

만큼 즐거운 한때였다. 함께 간 20여 명의 멤버들은 한 시간 남짓 삼삼오오 자유롭게 트래킹을 했다. 섬 일주 마지막 지점에 있는 식당에 약속대로 모였고 시끌벅적 막걸리 파티가 벌어졌다. 수성못 부근에서 장어 전문 식당을 운영하며 대학 겸임교수를 하는 장 사장은 산타루치아를 멋지게 한 곡 뽑았고, 들안길에서 고급 한정식 식당을 경영하는 김 회장은 신나는 트로트로 흥을 한껏 고조시켰다. 모 대학교 연수원에 근무하는 정 선생이 '봄의 교향악이 울려 퍼지는 청라언덕 위에 백합 필 적에'(「동무생각」은 작곡가 박태준 선생이 대구 계성학교 시절 오르내리던 청라언덕에 관한 추억을 담은 노래로, 대구를 상징하는 대구 시민의 노래나 다름없다.)를 시작하자 모두 합창을 하며 무르익은 봄을 즐겼다. 이윽고 사발에 막걸리가 채워졌고 누군가 건배 제의를 했다. 나는 얼른 일어나 채워진 막걸리 사발에 꽃을 하나씩 띄웠다.

약속 장소에 조금 일찍 도착한 나는 식당 주변을 둘러보다가 골담초꽃을 발견했다. 노란 아기병아리를 닮아 '금계아(金鷄兒)'라고도 부르는 꽃이다. 골담초꽃은 어린 시절 '꿀단지꽃'이라고 불렀다. 입으로 꽃의 뒤꼭지를 따고 쪽 빨아 대면 꿀이 입 안으로 쏙 빨려 들어와 달달했던 꽃이다.(여름에는 언니가 꽃밭에 심어 놓은 사루비아도 그렇게 꿀을 빨아 먹었다.) 귀엽고 달콤한 꽃이지만 가지에는 날카로운 가시가 있어 꽃을 딸 때 찔리지 않게 조심해야 한다. 어린 시절 생각이 났을까, 골담초꽃을 보는 순간 저절로 손이 가서 한 줌을 땄다. 딱히 용도가 있었던 것도 아닌데, 마침 누군가 건배 제의를 하려던 찰나에 골담초꽃을 한 송이씩 띄워 주고 싶단 생각이 들었다. 한껏 고조된 파티 분위기에 꽃 띄운 막걸리 한 잔은 신의 한 수였다. 지금도 지심도 이야기가 나오면 노란꽃 띄운 달착지근한 막걸리가 생각난다는 사람이 여럿 있다. 동백꽃 없는 동백섬에서 좋은 추억을 만든 하루였다.

통영 한산도

그 이듬해 3월, 동백꽃 볼 기회가 한 번 더 있었다. 남편과 두 아들이 함께한 당일치기 여행이었다. 배에 차를 싣고 통영에서 30여분 정도 들어가 한산도에 도착했다. 내색은 하지 않았지만 나에게는 가족여행 외에 다른 꼼수가 하나 더 있었다. 육지에서는 잘 구하기 힘든 동백꽃을 공기 좋은 한산도에서 따다가 꽃차를 만들어 볼 요량이었다. 주머니에 비닐봉지도 하나 챙겨 갔다. 승용차를 싣고 갔으니 섬을 일주하다 보면 동백꽃이 있겠다 싶었다. 아니나 다를까 섬 곳곳 여기저기에 붉은 동백꽃이 피어 있는 것을 보고는 내심 쾌재를 불렀다. 드디어 운전하는 남편에게 주문을 했다. 한적한 곳에 꽃이 보이면 차를 세우라고. 차가 선 곳에서 그중 예쁜 꽃 몇 송이를 땄다. 그렇게 두세 번 주문을 해도 남편은 아무 불평 없이 나의 요구대로 차를 세워 주었다. 그런데 두 아들이 문제였다. 나에게 대놓고 화를 내기 시작했다. 길에 심어 놓은 꽃을 따는 나의 행동이 도대체 이해가 안 된다는 반응이었다. 어떤 말이 오갔는지는 분명하게 기억나지 않으나 두 녀석의 공격에 나는 눈물이 찔끔 날 만큼 자존심이 상했다. 그날 이후로 며칠 동안 서로 말도 하지 않았다. 비닐 봉지에 담긴 몇 송이 동백꽃도 나무 사이로 던져 버리고 왔다.

　　자식은…
　　자식은 나의 스승. 무한한 인내를 가르친다.
　　자식은 나의 거울. 내가 하던 짓을 그대로 되돌려 준다.
　　자식은 나의 숙제. 자식은 나의 고민
　　많은 생각과 많은 해결 과제를 안긴다.
　　자식이 나를 시험대 위에 올려놓고 이리저리 저울질한다 .
　　눈물이 찔끔 난다.
　　- 2016. 3. 20. 남해 한산도 다녀오는 차 안에서 쓰다

　　그리하여 한산도에 동백꽃은 있었으나 결국은 품에 안지 못했다. 때를 맞춰 가지 못해 동백 없는 동백섬(지심도)을 다녀왔고 동백꽃 만발하였으나 던져 버리고 와야만 했던 한산도. 동백꽃은 손에 잡힐 듯 잡히지 않고 내 속만 태웠다.

동백꽃이 온다

　　매년 2월은 몸과 마음이 헛헛하다. 꽃차 만들 꽃이 없기 때문이다. 3월 초순은 넘어야 마알간 겨울 산에 생강나무꽃이 핀다. 생강나무꽃이 피면 연이어 봄꽃들이 꽃 잔치를 시작한다. 꽃 없는 허전함을 무엇으로

동백꽃은 세 번 핀다고 한다. 나무에서 한 번, 땅에 떨어져서 한 번, 가슴에서 또 한 번. 속절없이 툭 떨어지는 동백꽃을 보고 있노라면 알 수 없는 슬픔이 밀려와 눈물이 난다던 사람도 있었다.

라도 달래야겠기에 유자·귤·금귤·비트를 덖어서 차도 만들고, 절여서 청도 만들고, 졸여서 정과도 만들어 보지만 꽃차 만드는 재미에 비하면 턱도 없다. 일종의 꽃차 금단현상이다. 재작년 2월에는 꽃차 금단현상을 극복하기 위해 얇게 슬라이스한 생무에 빨간 맨드라미꽃차를 진하게 우려서 색을 입혔다. 그리고는 꽃잎 모양으로 겹겹이 말아서 동백꽃을 만들었다. 하얀 쌀밥을 고슬하게 지어 단촛물로 간을 하여 초밥처럼 뭉치고 노란색 계란지단을 잘게 썰어 그 위에 뿌려 꽃술을 만들었다. 사철나무잎 몇 개 따다가 이파리를 대신했다. 그렇게 한 접시 동백꽃 만들어 놓고는 반나절을 사진을 찍으며 보낸 적이 있다.

전라남도 해남에는 노부부가 가꾸는 차밭 '은향다원'이 있다. 늘 동백꽃이 그리운 이맘때 동백꽃을 주문하는 곳이다. 어제도 애기동백 2kg을 주문했다. 이틀쯤 지나면 동백꽃이 하얀 스티로폼에 포장되어 배달된다. 뚜껑을 열면 채 피지도 않은 애기동백 봉오리들이 겨우 숨구멍을 벌린 채 소복하게 들어 있다. 꽃봉오리 위에는 보내는 이의 마음인 양 가지째 꺾어 넣은 동백꽃 몇 줄기도 함께 담겼다. 얼른 화병에 물을 담아서 꽃을 꽂아 놓고 며칠을 본다.

동백꽃은 세 번 핀다고 한다. 나무에서 한 번, 땅에 떨어져서 한 번(대부분의 꽃이 질 때와는 달리 동백꽃과 능소화는 꽃이 핀 채로 떨어지고, 무궁화꽃은 여인네 한복치마 여민 모양으로 떨어지기 때문에 땅에서도 오래 그 모습이 흐트러지지 않는다.), 가슴에서 또 한 번. 속절없이 툭 떨어지는 동백꽃을 보고 있노라면 알 수 없는 슬픔이 밀려와 눈물이 뚝뚝 떨어진다던 사람도 있었다. 전생에 동백꽃이었을까, 아니면 떨어지는 동백꽃을 바라보는 동박새

였을까.

　꽃차를 하다 보면 신기한 공통점을 발견한다. 예컨대 향이 좋은 꽃차는 모양이 수수하고, 꽃다관에 핀 꽃 모양이 아름다우면 맛이 밋밋하고, 우러난 차 색이 예쁜 꽃차는 향이 없기도 하다. 향 좋고, 모양 좋고, 맛까지 좋은 꽃차는 생각보다 드물다. 사람도 마찬가지. 한 부분이 뛰어나면 부족한 부분도 있기 마련이다. 동백꽃을 꽃차로 만들어 우림을 하면 향이나 맛은 그다지 뛰어나지 않지만 찻잔 속에 피어 있는 꽃을 보고 있노라면 감성이 충만해진다. 어느 가수의 동백아가씨를 흥얼거리게 되고, 남편을 그리워하던 아내의 넋이 꽃으로 피어난 울릉도 동백꽃 전설도 생각나고 지심도의 추억도 떠올리게 된다. 해남에서 보내는 애기동백이 내일쯤 도착한다. 새해 들어 첫 꽃차다. 한 겹 한 겹 꽃잎 펼쳐 꽃차 만들고 나면 이제 머지않아 꽃 천지에 빠져드는 봄이 온다.

　일주일쯤 지나면 포항 형부에게서 기별이 올 것이다. 따뜻한 바닷바람에 육지보다 보름가량 먼저 피는 꽃 소식이다. '처제, 온 산에 진달래다. 빨리 온나.' 나는 열 일 제치고 달려갈 것이고 한 아름 따다 놓고 콧노래를 부르며 봄을 굽고 앉아 있을 것이다.

2

진달래와 생강나무꽃

꽃분홍 치마에 노랑 저고리

동백꽃차를 만들고 나면 이른 봄 제일 먼저 채취하는 꽃이 생강나무꽃과 진달래꽃이다. 사흘의 시간차를 두고, 그러니까 수요일에는 포항 양포에 사는 언니의 기별을 받고 진달래를 모셔 왔고, 토요일엔 남편과 동행하여 김천의 생강나무꽃을 데려왔다. 김천에는 이미 생강나무꽃이 한창이었으나 진달래가 피려면 아직 먼 듯하였다. 양포의 봄은 도착했고 김천은 봄이 오는 중이었다. 한 나라, 같은 땅덩어리에서도 계절은 그렇게 달랐다.

비슬산 진달래가 아직 꽃눈 속에 꼭꼭 숨어 있을 때 따뜻한 바닷바람 맞고 자라는 양포의 진달래는 육지보다 보름 정도 일찍 꽃을 피웠다. 오매불망 꽃소식을 기다리는 내 마음 알았는지 드디어 기별이 왔다. "얼른 온나, 진달래 항거 폈다(지천에 가득 폈다)."

야트막한 야산에는 진달래가 지천이었다. 욕심을 버리겠다 다짐했건만 기어코 가지고 간 바구니 한 가득 채우고 말았다.

둘째 언니 전화였다. 다음 날 아침, 이런저런 이유로 두문불출하여 좀이 쑤신다는 바로 아래 여동생을 조수석에 앉히고 포항 바닷가로 출발하였다. 국도를 달리다 경주 부근을 지날 때는 하늘에 먹구름이 가득하고 바람까지 불어서 곧 비가 쏟아질 것 같았다. 새초롬한 봄 날씨에 비라도 내리면 진달래를 따지 못할 것 같아 조바심이 났다. 30분쯤 더 달려드디어 도착한 양포 날씨는 다행히 쾌청하였다. 바다는 다소 물결이 높았으나 진달래를 영접하기에 더없이 좋은 날이었다.

야트막한 야산에는 진달래가 지천이었다. 설레는 가슴을 진정시키고 욕심 없이 조금만 따겠다고 다짐했건만 그 마음은 어느새 공수표가 되었다. 기어코 가지고 간 바구니 한 가득 채우고서야 카메라에 꽃을 담는 여유를 맛보았다. 진달래가 말을 한다면 나에게 원망 섞인 말투로 "제발 내 모습이 어여뻐 탐이 나시더라도 못 본 체 가뿐히 지나가시옵소서." 했을 터. 꽃을 따며 오랜만에 수다삼매경에 빠진 세 자매는 깔깔거리며 온갖 이야기를 쏟아냈다. 여고시절 펜팔로 만났던 첫사랑, 중년이 된 어느 날 갑자기 연락해 오는 바람에 잠시 가슴 설렌다는 언니. 진달래를 보니 첫사랑이 생각난다며 그 이야기를 꺼냈다. 손도 바쁘고 입도 분주한 반나절이 어느새 훌쩍 지나갔다. 내려오는 산길 옆 개울가에는 노란 생강나무꽃이 드문드문 피어 있고 찔레 순도 벌써 파란 잎을 내밀었다. 분홍 진달래와 파란 찔레 잎이 만나면 제법 잘 어울릴 것 같아 덖어볼 요량으로 찔레 순 이파리도 한 움큼 손에 넣었다.

내 어린 시절에는 진달래꽃을 '참꽃'이라고 불렀다. 진달래와 비슷하게 생긴 철쭉은 '개꽃'이라 불렀고. 꽃이 먼저 피고 잎이 나는 진달래와 달리 철쭉은 잎이 먼저 나오고 연분홍 꽃이 피며 꽃잎에 반점이 찍혀 있다. 꽃을 만지면 끈적거리는 진액이 나온다. 독이 있어 먹으면 큰일 나는 줄 진작부터 알고 있었다. 먹을 수 있고 없고를 가려서 참꽃(진달래)과 개꽃(철쭉)으로 부른다는 설도 있다. 그 시절 뒷산에 지천으로 핀 참꽃을 한 아름 꺾어다가 마당 장독간 항아리에 꽂아 놓고 나름대로 봄을 즐겼다. 참꽃 잎을 따서 입에 넣고 지긋이 씹으면 시큼한 맛이 났고, 한 잎 두 잎 따 먹다 보면 입술이 푸르죽죽해졌다. 많이 먹으면 배 아프다고 일러 주시던 엄마는 찹쌀가루를 반죽하여 동글납작하게 모양을 만든 다음 기름을 두르고 지지다가 그 위에 참꽃을 얹어 화전을 부쳐 주셨다.

이제는 내가 참꽃으로 꽃차를 만든다. 분홍 꽃잎은 꽃차로 만들면 짙은 다홍색이 된다. 수증기에 가볍게 쪄서 말리기도 하고 말린 후 쪄 주기도 하는데 그렇게 하는 동안 수분이 날아가고 색이 짙어진다. 꽃 대여섯 송이를 꽃 다관에 넣고 뜨거운 물을 붓는다. 2~3분 우려내면 꽃잎은 색을 토해내고 하얗게 변해 있는데 찻물은 약간 파르스름할 뿐이다. 참꽃은 향기도 없다. 찻잔 속 하얀 꽃잎이 그저 슬프다.

나를 위한 천상의 화원이 있는 남편 고향 김천. 이곳의 계절은 서둘지 않는다. 봄이 이른 말간 산에 오직 하나 생강나무만 꽃을 피웠다. 가까이 다가가니 꽃향기가 진동했다. 어느새 벌들도 꽃가루받이가 한창이었다. 가위를 뻗어 잔가지를 자를라치면 벌들의 아우성이 대단했다. 향기로 쳐도 어느 꽃에 뒤지지 않는 생강나무꽃. 한 아름 꽃을 안고 집으로 오는 차 안에서도 '향기 좋다, 참 좋다!'를 연신 내뱉었다. 생강나무꽃을 펼쳐 놓으니 집에 온통 풋풋한 봄 향기가 진동했다.

밤늦도록 생강나무꽃을 다듬고 매만지느라 잠을 설쳤으나 (갓난아이 같은 꽃이 손길을 기다리고 있으니 휴일의 늦잠 자는 호사는 뒤로 하고) 이른 아침부터 냄비에 물을 끓였다. 며칠 전 채취한 진달래는 이미 건조된 상태이고 생강나무꽃은 아직 풋풋한 향기 내뿜으며 촉촉한 상태였다. 물이 끓으면 훈증하여 꽃을 익혀 준다. 혹시 모를 벌레 알이나 먼지 등을 없애기 위해 뜨거운 증기를 쐬어 주는 것이다. 그리고 찻물이 잘 우러나도록 보호막을 깨 주면서 잡스런 향을 없애고 더 오래 보관할 수 있게 하기 위함이기도 하다. 꽃이 익으면서 성분이나 맛에도 변화가 있을 것이다. 뜨거운 증기에 쐬어 주는 일은 꽃차 만드는 일련의 과정 중에 아주 중요하다. 덖음하여 꽃차를 만드는 사람들도 많지만 나는 증제(수증기를 쐬어 만듦)를 기본으로 한다. 덖음이 적당한 꽃차도 있지만 봄꽃인 매화, 진달래, 생강나무꽃은 살짝 증제하는 최소의 과정을 거친다. 그래야 본연의 꽃향기와 색을 살릴 수 있다.

교육원 한편에는 진달래와 생강나무꽃이 뜨거운 증기에 샤워를 마치고 포근하게 낮잠을 자고 있다. 다음 차례는 목련꽃차다. 목련의 다른 이름은 북향화이다. 아파트 화단의 목련은 일제히 북쪽을 향해 하얀 속살을 뾰족이 내밀고 있다. 꽃이 피면 소식 주마 하던 농부님은 아직 기별이 없다. 오늘 올까 내일 올까 소식 기다리는 중이다.

추신

소풍가듯 욕심 없이 진달래꽃을 보고 온 한나절이 있었다. 몇 해 전 4월 초순 어느 날. 평생교육원의 봄 학기 꽃차 강좌에 등록한 수강생들과 야외수업을 계획하였다. 약속한 그날, 아침부터 잔비가 오락가락하는 바람에 갈까 말까 망설이다가 출발하기로 결정하였다. 대구 인근에 위치한 최정산. 대구에서 참꽃 축제로 유명한 비슬산과 나란히 붙어 있는 형제산이다. 차로 구불구불 산길을 올라가면 중턱쯤에 조랑말들이 뛰어 노는 평원이 나온다. 이름도 포니 목장이다. 군데군데 참꽃 군락지가 있는데 한창 꽃이 피는 시기에는 비슬산 못지않은 장관이 펼쳐진다. 그날도 넓은 평원에는 진달래가 만발하였으나 아침부터 내린 비로 꽃잎이 축축하였다. 따지도 못하는 꽃을 옆에 두고 좁다란 길을 따라 꼭대기로 오르다 보니 어느새 평원이 내려다보이는 높은 곳에 다다랐다. 때마침 평원에 서서히 구름이 걷히고 진달래꽃밭이 펼쳐지고 있었다. 모두들 천상의 화원을 보는 듯한 경이로운 풍경에 감탄하였다. 꽃차 만들 생각에 꽃 욕심 가득했던 그날, 꽃은 포기해야 했으나 이런 기분을 얼마 만에 맛보는지 모르겠다며 이구동성으로 즐거워하였다. 결국 참꽃 채취하러 갔던 야외수업에서 바구니는 채우지 못했지만 가슴에 행복을 가득 채운 날이었다. 시집살이로 인한 우울증을 호소하던 김 선생이 숨통이 트일 것 같다고 했던 말이 새삼 기억난다. 지금은 최정산 참꽃군락 일대에 생태 탐방로가 생기고 힐링의 공간으로 꾸며져 대구 시민의 품으로 돌아갔다. 휴대폰을 열면 그날 찍은 사진이 있다. 다시 보니 그때로 돌아가 시간 여행하는 듯하다. 그때만 해도 개인 사유지라서 목장 주인의 허락을 받고 꽃을 조금 딸 수도 있었지만, 이제는 꽃을 채취할 수 없는 장소가 되었다. 조랑말도 다른 곳으로 이주를 했고 커다란 느티나무 밑 하얀 풍금도 사라졌다.

유리병 속 꽃차들로 가득한 공간에 분홍 진달래와 노란 생강나무꽃 몇 송이를 꽂아 놓으니 교육원이 한층 더 생기 있고 예뻐졌다. 그러고 보니 내가 결혼할 때 웃티(신부가 입는 예복)로 입었던 한복의 색과 같다. 꽃 분홍 치마에 노랑 저고리를 입었지.

3

목련 1

피화기 귀부인과 딸 부잣집 목련꽃

한국전쟁 때는 인민군도 마을이 있는지 모르고 지나쳤다는, 화를 피하는 터 피화기. 충북 단양군 가곡면 보발리 피화기길 190번지. 해발 700고지를 지그재그 산길로 오르면 피화기 귀부인이 그곳에 터를 잡고 살고 있다.

2015년 4월 어느 일요일 이른 아침. 나는 마음 나누는 지인과 함께 서둘러 길을 나섰다. 대구에서 피화기마을까지는 자가용으로 두 시간 정도의 거리. 도심은 봄이 무르익어 매화도 사라지고 벚꽃도 목련도 뚝뚝 떨어질 즈음, 그곳은 아직 새초롬한 초봄이었다. 구불구불 가파른 산길을 차로 힘겹게 올랐다. 낮은 담장들의 골목을 지나 마당 앞에 단지로 가득 찬 장독대가 보이고 그곳이 바로 그녀의 집이려니 자연스레 발길이 멈춰졌다. 맞고말고! 잠시 후 인기척 소리에 귀부인이 점심을 장만하던 젖은 손을 옷으로 훔치며 달려 나와 반갑게 우리를 맞이했다.

피화기 귀부인. 서울서 오랜 세월을 살았던 도회지 사람이다. 부부는 자연과 더불어 노년을 보내기 위해 7년 전 고향으로 귀농하였다. 그녀는 2014년 국제 꽃차품평회에서 팬지대상을 받은 주인공이다. 꽃차를 인연으로 만나 필리핀 연수를 함께하며 며칠 낮과 밤을 함께 보내며 나와 친분을 맺었다. 그러니까 이번이 두 번째 만남이다.

더덕은 고추장에 조물조물 무치고 여러 종류의 장아찌와 묵은지, 산나물 그리고 화룡점정인 청국장을 끓여 한 상 내왔다. 이게 꿈인가 생시인가. 얼마 만에 먹어 보는 엄마의 밥상인가. 나와 지인은 염치불구하고게 눈 감추듯 밥 한 그릇씩 뚝딱 해치웠다. 귀부인이 타 주는 달달한 커피까지 한 잔 하고 나니 세상 부러울 것이 없었다.

그녀는 우리를 자신이 가꾸어 놓은 터전 이곳저곳으로 안내했다. 집 주변은 갖가지 식물들이 앞다투어 싹을 틔우기 시작했고 새로 심었다는 노란 수선화도 뒤뜰에서 홀로 고고한 자태를 뽐내고 있었다. 7년이나 공들여 가꿨다는 그들의 터전. 솔향 가득한 키 큰 소나무 밑에는 파란 산마늘도 가득 심어 놓았다. 이른 아침이면 사색을 즐기는 보물 길이란다. 소나무 숲길을 얼마쯤 걷다 보니 속이 뻥 뚫릴 듯한 시원한 전경이 눈앞에 펼쳐졌다. 해발 7백 고지에서 바라보는 풍경이라니……. 저 멀리 낮은 산, 높은 산 첩첩산중이고 맑은 날에는 영월까지 보인다고 했다.

마을의 꽃나무들은 채 겨울을 못 벗어난 듯 마알갛다. 매화는 이제 꽃을 피우는 중이고, 돌복숭아도, 뒤뜰 목련도, 막 몽우리가 나왔을 뿐이었다. 내가 귀부인 초대에 흔쾌히 달려간 이유는 귀부인의 부름이 반갑기도 했거니와 도심엔 이미 흔적조차 없이 사라진 목련이 그곳에는 아직 있기 때문이었다. 귀부인은 부족한 목련꽃으로 아쉬워하는 나의 목소리를 듣고는 초대를 했던 것이다.

목련, 목련꽃차! 3년째 나를 애태우는 꽃차이다. 샛노란 꽃차 색 대신 이내 갈색으로 변해 버리는 바람에 수백 송이의 목련이 나의 애간장을 태웠더랬다. 더 때깔 좋게 만들어 볼 욕심에 이곳저곳 찾았건만 벌써 다 지고 만 목련이었다. 1년을 기다려야 한다는 조바심이 나를 피화기로 이끌었다.

그녀는 이것저것 장비를 챙기더니 다른 곳으로 안내하기 위해 바깥 선생님이 운전할 차에 우리를 태웠다. 막걸리도 두 병 챙겼다. 구불구불 산길을 내려가 또 다른 산길을 따라 올라가니 드문드문 집 몇 채가 보이고, 딸을 여덟이나 두셨다는 팔순의 노부부가 사는 집 앞에 차를 세웠다. 집 앞에는 온통 하얀 목련 천지였다. 와아, 목련이다! 내가 사는 도심은 이미 흔적도 없이 사라져 내년을 기약해야 했던 목련이 거기에는 이제 앞 다투어 솜털을 벗고 하얀 속살을 뾰족이 내밀고 있었다. 귀부인은 노부부께 정중히 안부를 묻고는 가져온 막걸리를 내밀었다. 내가 그토록 찾던 목련이 아주 예쁜 모습을 하고 그곳에서 나를 기다리고 있다니. 생면부지의 땅 그곳에서 만난 목련도 시절인연이었으리라.

바깥선생님은 묵묵히 우리가 주문하는 대로 긴 가위를 바삐 움직여 목련이 달린 높은 나뭇가지를 잘라 주었다. 그 모습이 나의 남편과 흡사하다고 잠시 생각했다. 묵묵히, 언제나, 한결같은 그런 사람. 내 남편이 그렇고, 그분도 그랬다.

나는 흰 면장갑을 끼고 채반에 수건을 깔고 고이고이 목련을 모셨다. 같이 간 지인도, 귀부인도, 즐거운 마음으로 조심조심 목련꽃을 담았다. 욕심내지 말아야지. 아니야, 지금 못 가져가면 꽃은 다 져 버릴 거야. 좀 더 많이. 나의 마음속 천사와 악마가 꽃 앞에서 또 다투었다. 꽃을 딸 때마다 둘은 항상 나타나서 싸운다. 어떨 때는 욕심이 지나쳐서 가져온 꽃을 제대로 거두지 못할 때도 있었다. 결국 조금 더 가져오고 싶은 욕심을 꾹꾹 묻어 둔 채(왜냐하면 높은 가지는 바깥선생님이 잘라 줘야 했기 때문에 계속 주문할 수가 없었다.) 다시 귀부인 집으로 이동했다. 싸 주시는 청국장 보따리에 아쉬움과 감사한 마음을 듬뿍 얹어 다음을 기약하고는 마을을 내려왔다.

늦은 오후, 모두들 집으로 돌아가는 시간에 무언가 아쉬운 마음이 들어 핸들을 구인사 방향으로 틀었다. 30분가량 굽이굽이 산길을 오르고 내리니 입구부터 구인사(대한불교 천태종 본산)의 위엄 있는 자태가 눈앞에 펼쳐졌다. 영화에서 보았던 중국의 소림사 같은 느낌이었다고나 할까. 깊은 산속에 움푹한 골짜기를 따라 웅장한 건물들이 이어져 있었다. 그 규모가 대단했다. 해는 어둑어둑 저물어 가고 돌아갈 길은 멀었지만 왠지 두렵다는 생각이나 걱정보다는 호기심 가득한 마음이었다. 절을 둘러보기로 했다. 훗날 내 몸에 여유가 생기면 훌쩍 떠나와 이곳에서 템플스테이를 하며 며칠을 보내 보리라. 우리는 저녁 공양까지 하는 행운을 누렸다. 절밥, 맛있었다.

구인사를 내려오는 길에 추억의 장소를 만났다. 아이들 어렸을 적에 친정 부모님을 모시고 단양을 여행했더랬다. 고수동굴을 비롯해 이곳저

곳 다녔는데 이때 찍어 지금까지 간직하고 있는 사진이 있다. 사진 속 구
인사 입구 버스 정류장 모퉁이에는 형과 싸워서 울고 있는 세 살짜리 막
내와 한껏 심통이 나 있는 큰 아들, 그 뒤에 웃음을 참지 못하는 나, 그리
고 그 앞에서 쓰디쓴 표정으로 달달한 아이스크림을 들고 있는, 지금은
볼 수 없는 내 친정아버지의 모습. 그 시절, 그립다.

　절 구경도 하고 절밥도 먹은 데다 날까지 어두워졌으니 서둘러 집으
로 돌아와야 했다. 자동차 뒷좌석에 앉아 있는 목련들은 서로 부딪치면
상처 날 뿐만 아니라 상처가 나면 갈변한다. 더 늦기 전에 집으로 가져와
여린 목련을 펼쳐 놓아야 했다. 마음이 급해지기 시작했다. 동행한 지인
을 내려 주고 밤 10시 30분쯤 되어서야 집에 도착했다. 살살, 아기 다루
듯 목련을 펼쳤다. 남편도 쫓아낸 안방 침대의 전기장판에는 하얀 한지
로 살포시 요를 깔고 누운 단양의 목련이 고단한 잠을 청했다. 먼 길 달
려왔다. 단양의 딸 부잣집 목련이 말이다. 나는 그 옆 바닥에 얇은 이불
을 깔고 쪼그려 새우잠을 청했다. 향기의 바다에서 첫사랑의 목련꽃과
동침했다. 꿈마저 행복했다.

4

목련 2

피화기마을, 다시 그곳에

다시 귀부인을 만나러 단양에 갔다. 이번엔 꽃차 동문인 최 선배와 동행을 했다. 작년 이맘때도 한 번 다녀온 적이 있는지라 낯설지 않은 길. 이번엔 최 선배가 운전하는 차를 타고 편한 여행을 하게 되었다. 단양 읍내를 지나 20여 분 더 달려 꼬불꼬불 산길을 얼마쯤 오르니 꽃등 같은 목련의 환한 자태와 마당 가득한 귀부인의 장독대가 우리를 반긴다. 저 멀리 비닐하우스 안에서 익숙한 모습의 귀부인이 손을 들어 우리를 반갑게 맞이했다. 비닐하우스 안에는 별의별 씨앗들이 싹을 틔우고 있었다. 홍화, 수레국화, 개미취, 천일홍, 맨드라미, 구절초, 해바라기, 일당귀……. 종류가 엄청나게 많았다. 전부 꽃차 만들기에 그만인 꽃들이었다. 잘 키워서 단양에 귀촌한 사람들에게 무상으로 분양할 거라고 했다.

귀부인 내외가 일궈 놓은 야산에는 명이나물·삼나물·병풍취·당귀·

일당귀·작약·고사리들이 앞다투어 돋아나기 시작했고, 오미자 덩굴도 잎이 제법 파랬다. 살구꽃·자두꽃·매화는 그곳에도 벌써 하얗게 피었고, 개복숭아와 산목련은 꽃이 피려면 아직 먼 듯했다. 뒷산과 앞산에는 진달래와 산벚꽃이 알록달록했다. 뒤뜰에도 온갖 나무와 새싹들이 촉을 틔우고 있었고, 토굴에는 갖가지 효소와 술들이 익어 가고 있었다.

이윽고 엄마 밥상이 한 상 차려졌다. 토굴에서 익은 김치, 고추장아찌, 마늘쫑장아찌, 콩잎장아찌, 머위나물무침, 집 된장, 고추장, 두부찌개 그리고 금방 뜯은 당귀와 명이나물, 병풍취. 최 선배는 소고기를 공수하였다. 구운 고기와 집 된장을 얹어 싸 먹는 갖가지 쌈밥도 맛있지만 친정 엄마 맛이 나는 귀부인표 반찬이 황홀 지경이었다. 바깥선생님은 안주가 좋다며 직접 씨 뿌려 거두어 만든 산양삼주도 한 잔 권했다(산삼주를 마신 덕분인지 다음날 아침 피곤한 기색 없이 일찍 눈이 뜨였다).

식사 후, 달달한 커피와 과일까지 먹은 우리는 피화기마을 건너편 산 중턱에 차를 타고 올랐다. 작년에도 갔던 그곳. 거기에는 이맘때 대처에선 볼 수 없는 보물이 있다. 바로 목련. 목련 철만 되면 담양으로, 김천으로 그리곤 단양까지, 늘 조바심이 났다. 작년에도 피화기에서 귀하게 모셔 왔다. 특히 올해는 6월에 열리는 품평회에 출품할 꽃차가 잘 만들어지지 않아 다시 잘 만들어 볼 욕심이었다. 지난해도 기꺼이 꽃을 내주더니 올해도 탐스럽게 피어 우리를 기다리고 있었다. 목련꽃 핀 딸부잣집 노부부는 여전히 꽃 마당을 예쁘게 가꾸며 살고 있었다. 초코파이 두 통을 건네며 인사를 했다. 이윽고 바깥선생님은 조심스럽게 높은 데 가지를 잘라 주었다. 우리는 밑에서 '똑똑' 꽃을 따기만 하면 되었다. 지천이지만 꽃을 욕심내지 않으려고 애썼으나 결국엔 생각보다 더 많이 품에 안았다.

꽃을 따고 피화기마을로 돌아가는 길에 귀부인 내외는 우리를 다른 곳으로 안내했다. 피화기마을에서 저 멀리 건너다보이는 금남의 터. 그곳이었다. 그곳에는 한때 에베레스트를 등정한 전문 여성 산악인, 공무원 생활을 하다 접고 들어온 가녀린 여인, 또 남편을 몇 년 전 여의었다는 왕언니와 그녀의 노모 그리고 이력이 잘 생각나지 않는 또 한 여인. 이렇게 여자 다섯 명이 터를 이루어 살고 있는 곳이다. 모두 싱글이었다. 근사한 통나무집과 넓게 가꾸어 놓은 밭과 터전들. 대단한 여성들이었다. 지나다 들른 길손에게 산수유 효소차를 내어줄 만큼 인심도 넉넉했다. 왕언니 집 뒤뜰에는 오래된 매화나무라 해도 믿을 만큼 매화를 닮은 붉디붉은 명자꽃이 고고한 자태를 숨기고 있었다. 우리는 명자꽃을 조금씩 모셔오는 행운도 얻었다.

다시 핸들을 돌려 귀부인 집으로 돌아오니 바람의 기운이 싸늘한 것이 해가 기우는 시간이었다. 아쉬운 이별을 하고 우리는 대구로 귀가를 서둘렀다. 목련을 갓난아이 다루듯 조심스럽게 우리 차로 옮기는 사이 귀부인은 살구꽃과 왕벚꽃을 가지치기하여 박스에 담아 주었다. 천상 친정엄마 마음이다. 꾹꾹 눌러 담아 준 된장과 고추장을 한 손에 들고 한 손으로는 이별의 손짓을 했다. 해가 지니 우리를 배웅하며 손을 흔드는 남아 있는 사람들의 모습이 쓸쓸해 보였다. 그 옛날 친정을 다녀오는 길에 시골집 삽작에서 하염없이 흔들던 엄마, 아버지의 손짓도 그랬는데. 그렇게 꽉 채운 하루를 보냈다.

서로 부딪쳐서 상처 난 목련은 이미 불그스름하게 변했다. 전기 팬에 시험 삼아 올려 본 목련은 앗 뜨거! 하며 자기 색을 이미 버렸다. 어떻게 모셔온 귀한 꽃인데…… 속절없이 갈변하는 꽃 앞에서 속수무책일 수밖에 없는 무능함이라니. 언제쯤 목련은 온전히 나를 허락할까. 그래도 피화기 귀부인과의 봄날 한때를 더 소중히 생각하며 검붉게 변해버린 목련에 덜 속상할 작정이다. 넉넉한 웃음으로 우리를 반기던 바깥선생님께도 진심으로 고마운 마음 전하고 싶다.

지금 목련꽃 30여 송이가 서른 시간째 신나게 건조기에서 익어 가고 있다. 이틀 뒤 뚜껑을 열었을 때 까맣게 변색했을지 노랗게 잘 나왔을지 아직 모른다. 궁금하기 짝이 없어 몇 번이나 뚜껑을 만지작거리다가 그냥 기다려 보기로 했다.

최 선배와 함께한 피화기 여행은 더없이 좋았다. 5월 꽃모종 분양할 때 최 선배는 또 피화기로 핸들을 잡는다고 했다. 최 선배는 피화기에서 두 시간 남짓한 거리, 봉화 '우구치'라는 곳에 꽃밭 만들 넓은 터전을 준비하고 있다. 단양, 봉화, 의성, 김천, 포항……, 훗날 봄날에 돌아다닐 곳은 나에게 이토록 넘쳐날 것이다.

5

작약과 아카시꽃

리틀 포레스트에 작약꽃밭이 있었더라면

"꽃은 비록 고우나 그림에 나비가 없으니 반드시 향기가 없을 것이다." 당나라로부터 선물로 받은 모란 병풍을 보고 선덕 여왕이 한 말이다. 모란은 진짜 향기가 없을까. 아니다, 사실 모란은 향기가 짙다. 나비가 없는 모란은 부귀와 장수를 누리라는 뜻이 담겨 있다는 것을 선덕여왕은 정말 몰랐던 것일까.

꽃 중에 으뜸이라고 하여 '꽃의 왕', 또는 '꽃의 신', 부귀를 뜻하는 식물로 '부귀화'라고도 부르는 모란이 4월 화단에 짙은 자주색으로 복스럽게 피었다. 보기만 해도 마음이 얼마나 넉넉해지는지. 옛날 사람들은 모란을 그려 병풍을 만들고 혼례 때나 신방을 꾸밀 때 사용하였다고 한다.

4월에 핀 모란이 뚝뚝 떨어지고 5월이 오면 작약꽃이 핀다. 사랑하는 왕자 곁을 다시는 떠나지 않게 해 주소서! 간절한 공주의 기도는 신들을 감동시켜 모란꽃이 된 왕자 옆에서 탐스러운 작약꽃으로 피어났다는 전설. 머나먼 이국땅에서 공주를 그리다 모란으로 변한 왕자와 다시는 떨어지지 않겠다며 그 옆에 작약으로 변한 공주는 모습만 닮았을 뿐 피는 시기가 다르니 끝내 꽃으로 서로 만나지 못한다는 말인가.

생긴 모양이 너무 비슷하여 모란과 작약꽃을 잘 구분하지 못한다는 사람도 있다. 피는 시기도 앞서거니 뒤서거니. 하지만 모란은 나무의 줄기에서 피고, 작약은 매년 뿌리에서 줄기가 돋아나 5월에 꽃을 피운다. 이파리 모양도 서로 다르다. 작약은 꽃 모양이 크고 탐스러운 것이 함지박처럼 넉넉하여 '함박꽃'이라고 부른다[이름만 비슷할 뿐 작약과 전혀 다른 함박꽃나무꽃(산목련)도 있다].

작약꽃이 필 때면 나는 매년 꽃차를 배우는 제자 몇 명과 야외수업으로 소풍을 간다. 동행하는 일행의 구성원은 매년 달라도 작약꽃밭에서 그들과 행복한 하루를 만끽하기에 충분하다. 해마다 우리가 가는 곳은 경상북도 의성군 사곡면 일원이다. 사곡면 일대는 이른 봄 꽃이 만개하면 전국 각지에서 상춘객들의 발길이 이어지는 산수유축제로 이름난 곳이며, 영화 「리틀 포레스트」의 촬영지로 더 알려진 곳이기도 하다. 시골 정서가 깊이 박힌 나에게 「리틀 포레스트」는 아주 재미있는 영화였다. 유독 꽃으로 요리를 하는 장면이 나올 때 눈이 말똥말똥했다. 그러니까 이런 장면들이다.

다시 돌아온 고향집에서 주인공 혜원은 사계절을 보내며 제철 식재료로 요리를 한다. 오일 파스타 위에 초록색 나물과 하얀색 사과꽃 그리고 보랏빛이 도는 삼색제비꽃을 얹었다. 접시 위의 조화로운 색감은 눈으로 먹어도 배가 부르기에 충분했다. 먹기 아까운 비주얼이었지만 혜원은 맛있게도 먹었다. 포도송이 같은 하얀 아카시 꽃을 송이째 튀김 하는 장면에서는 잠시 내가 혜원이 된 듯한 기분도 느꼈다. 갓 튀겨 낸 꽃을 한입 베어 물었을 때 바사삭한 그 식감, 그 맛을 나도 알기에.

영화 촬영지에서 차로 10여 분 정도만 이동하면 장관을 이루는 작약 꽃밭이 펼쳐진다. 5월 어느 날 하루는 우리가 꽃인지 꽃이 우리인지 모르게 꽃 속에 파묻히는 날이다. 보기만 해도 가슴 가득 충만한 행복감을 안겨 주는 작약꽃밭이 일행을 반긴다. 푸른 산, 시원한 바람과 흰 구름, 고마운 햇살까지. 사곡에서의 하루는 분명 축복이었다. 꽃차로 만들 한 아름의 작약꽃은 덤이다. 그곳에는 낯선 사람에게 아낌없이 당신의 꽃밭을 내어 주는, 내 아버지를 닮은 촌로의 넉넉한 인심과 웃음이 있었다. 꽃병에 꽂아 놓을 욕심에 길게 꺾어 한 아름 품에 안았다. 그때 들려온 목소리, "꽃줄기를 그래 길게 꺾으면 우야노. 꽃만 똑똑 따라고 그랬는데. 에헤이~ 작약뿌리 다 상하겠네!" 당황해서 어쩔 줄 모르는 우리를 보고 되레 미안한지 촌로는 크게 헛기침 한 번 하고 웃음으로 마무리 짓는다. 작약은 뿌리를 약재로 쓰기 때문에 꽃이 피는 시기가 되면 일부러 꽃을 모두 쳐낸다. 하지만 꽃대를 길게 자르면 안 되는 것이었다. 꽃이 내것인 양 고삐 풀린 망아지처럼 온 꽃밭을 헤집으며 마구 꽃을 잘랐으니. 인심 좋은 동네 아저씨(매년 잊지 않고 꽃 따러 오라고 기별 주신다.)도 무안했는지 촌로보다 더 큰소리로 웃으며 상황을 모면했다.

차를 세워 둔 면사무소 앞마당에선 함박꽃만큼 풍채가 넉넉한 한 남

우리가 꽃인지 꽃이 우리인지 모르게 작약꽃 속에 파묻히는 날. 욕심을 내려놓겠다 마음먹지만 어느새 꽃이 한 아름이다.

자가 우리를 관심 있게 지켜보고 있었다. 저마다 작약꽃 한 아름 안고 좋아하는 낯선 여인네들이 생경했는지 한 마디 던진다.

"어디서 오신 낯선 손님들인가요?"

"대구에서 왔습니다. 꽃차 만들려고 작약꽃 좀 얻어 갑니다."

"그라지 말고 잠깐 들어오이소."

이끌리듯 들어간 곳은 사곡면 면장실. 이윽고 직원이 얼음 동동 띄운 냉커피를 한 잔씩 나누어 준다.

"목이 마를낀데 시원하게 한 잔 하이소."

시골 면장님의 인심 또한 감동이다. 세상에서 제일 맛있는 아이스커피를 나는 그날 거기에서 맛보았다. 고속도로를 달려 대구로 오는 길에 배가 출출하여 일행들과 휴게소에서 맛 본 라면의 맛, 꽃소풍 일행들과 함께 먹는 휴게소의 라면은 별미였다. 나는 세상 맛있는 라면 또한 그곳에서 만났다. 산을 오르는 사람이 비단 산 정상만을 밟고 내려오기 위해 올라가는 것이 아니라는 것을 알게 해 준 하루였다. 그날처럼 꽃과 사람과 바람과 구름, 햇빛과 웃음과 인심과 조우하면서 '이만하면 됐다!'고 스스로를 다독인다면 힘겹고 버거운 날이 오더라도 충분히 이겨 낼 수 있을 터. 더 할 나위 없이 행복한 소풍이었다.

작약꽃으로 꽃차를 만들었다. 꽃차를 우려내는 꽃다관으로 우림 하기에 작약꽃차는 꽃송이가 너무 크다. 그래서 넉넉한 유리 볼에 꽃을 넣고 뜨거운 물을 끼얹는다. 화분(꽃가루)이 지나치게 많기 때문에 찻물이 흐릴 수도 있다. 그럴 때는 첫 우림 물을 버리거나 아니면 조금 기다리면 밑으로 가라앉는다. 기다리는 동안 꽃잎에서 색이 빠지는 것을 감상해도 좋다. 뜨거운 물을 부으면 꽃잎에서 색이 빠지는데, 그렇다고 붉은 작약꽃이 꽃잎 색깔의 찻물을 우려내는 것은 아니다. 처음에는 얼룩얼룩 점박이 무늬가 남아 있다가 긴 시간이 지나면 색소를 다 뱉어 내고 하얀 꽃잎으로 변한다. 유리그릇을 살짝 흔들어 주면 노란 꽃술과 하얀 꽃잎이 물속에서 하늘하늘 자맥질을 한다. 꽃이 다시 제 모습으로 환생한 듯하다.

추신

1. 어느 해 5월, 아카시꽃이 만개하여 뒷산을 뒤덮은 날, 마을에서 제일 꼭대기에 자리 잡은 시골 친정집에 형제들이 오랜만에 모였다. 부엌에서 분주하게 음식을 장만하는 언니 모습이 천상 엄마다. 마당의 감나무 그늘 아래에는 시끌벅적 한바탕 잔치가 벌어졌다. 그러는 동안 나는 꽃차를 만들 아카시꽃을 제법 큰 소쿠리에 가득 담아 왔다. 꽃을 본 언니가 마당으로 나와서는 휴대용 버너에 불을 붙이고 즉석에서 꽃튀김을 하기 시작했다. 아주 묽게 반죽한 튀김옷에 포도송이를 닮은 아카시꽃을 달아오른 기름에 송이째 풍덩 빠트리니 금세 몽글몽글하게 튀김옷이 부풀었다. 하얀 꽃잎과 초록색 꽃받침이 5월을 덧입힌 듯 튀김꽃이 되어 기름 속에서 솟아올랐다. 우리는 호기심 많은 어린아이처럼 순서를 기다려서 꽃튀김을 한 송이씩 맛보았다. 갓튀겨 낸 아카시꽃 튀김, 안 먹어 본 사람은 말을 마시라. 눈이 부시게 화창한 5월에 바람 타고 불어오는 꽃향기에 한 번 취하고, 달짝지근한 꽃 맛에 두 번 취하고, 바삭바삭한 식감에 또 한 번, 눈이 휘둥그레

졌더랬다. 그날, 친정 온 언니가 만들어 주었던 바삭한 아카시꽃 튀김의 맛을 내가 어떻게 잊어. 쉽게 경험할 수 없는 그 맛을 영화 「리틀 포레스트」의 혜원이는 어떻게 알고 즐겼을까. 임순례 감독이 예전 영화 「소와 함께 여행하는 법」의 촬영을 위해 군위와 의성에 온 적이 있다는 기사를 본 적 있는데 그때 어딘가에서 아카시꽃 튀김 정보를 얻지는 않았을까. 아무튼 얼른 5월이 왔으면 좋겠다. 5월이 오면 해야 할 일 많아서 좋겠다.

2. '긴 겨울을 뚫고 봄의 작은 정령들이 올라오는 그때까지 있으면 해답을 찾을 수 있을까? 겨울만 보내고 올라가긴 너무 억울하잖아.' 잠시 도피하듯 다니러 온 고향 집에서 봄을 맞는 혜원의 혼잣말(또는 반려견 '오구'에게 건넨 말)이다. 영화 「리틀 포레스트」에서 혜원은 바람 소리 부딪히는 청보리밭을 지나 파란 마늘밭과 노란 산수유꽃 길게 늘어진 길을 따라 자전거를 타고 달린다. 이 영화의 주 촬영지가 된 곳은 군위군 우보면의 한 마을이다. 사곡면의 산수유 길은 영화에 잠시 나왔을 뿐인데 단박에 유명한 봄나들이 명소가 되었다. 못내 아쉬운 점은 사계절이 모두 들어 있는 영화였는데도 아주 가까운 곳에 펼쳐진 5월의 작약꽃밭의 장관은 볼 수가 없었다는 것이다. 임순례 감독이 미처 알지 못했을까? 작약꽃밭 사이를 거닐며 혜원과 재하가 데이트하는 장면도 괜찮았을 것 같고, 아니면 삼총사가 동심으로 돌아가 꽃밭에 들어가서 숨바꼭질하는 장면도 유쾌했을 것 같은 느낌. 아무튼 사곡의 작약꽃밭을 나만 알고 있기가 못내 아쉽다.

6

찔레꽃

귀족의 향기 혹은 민초의 향기

"선생님, 이 꽃차에서는 귀족의 향기가 나네요."

꽃차 수업시간에 찔레꽃차를 마시던 김 선생이 한 말이다. 귀족의 향기라. 혹시 장미를 상상하고 내뱉은 말이었을까. 마리 앙투아네트가 입었던 화려한 장미 드레스, 아니면 마리 앙투아네트가 살았던 베르사유 궁전의 장미 화원을 떠올렸던 걸까. 아무튼 그녀의 시음평이 놀라웠다.

이해인 수녀는 말한다. 아프다 해도 괜찮다며 꽃을 꺾으려는 이들 때문에 상처는 가시가 되었다고. 찔레꽃은 장미과이며, '들에서 피는 미니장미'라고도 부른다. 김 선생이 찔레꽃에서 귀족의 향기를 맡았다면 나는 민초의 향기로 표현하고 싶다. 찔레꽃에는 가난하던 시절 우리네 어머니의 가슴 시린 노래가 있기도 하거니와, 역사를 거슬러 올라가면

이 땅에 살았던 여인들의 고단했던 삶이 고스란히 깃들어 있기 때문이다.

내가 꽃차 특강을 가는 날이면 자주 이야기 주제로 삼는 꽃이 찔레 꽃이다. 2019년 오사카에 갔을 때도 엄마 이야기를 들려주며 팬플루트 로 불었던 노래가 '엄마 일 가는 길에 하얀 찔레꽃'으로 시작하는 「찔레 꽃」이었다. 재일교포 3세인 카나이 상이 그토록 감동을 받았다는 바로 그 노래. '찔레꽃 하얀 잎은 맛도 좋지. 배고픈 날 가만히 따 먹었다오. 엄 마 엄마 부르며 따 먹었다오'라는 가사가 유독 심금을 울리는 노래다.

5월은 유난히 하얀색 꽃이 많이 핀다. 넝쿨장미가 담장마다 붉게 피 어서 화려함을 뽐내기도 하지만 이팝꽃·아카시꽃·찔레꽃이 앞서거니 뒤서거니 피어나니 산천이 온통 하얗다. 지금 시골에는 하얀 찔레꽃이 만발해 있다. 나의 어린 시절 기억 속의 엄마는 들에 나가 일을 하다 쉬 는 틈에 찔레 순을 꺾어서 씹어 드셨다. 나도 십 리 길 학교를 오가며 친 구들과 함께 아카시나무 그늘 밑에서 쉬엄쉬엄하면서 주변에 있는 찔레 나무 어린순을 꺾었다. 껍질을 벗긴 다음 토끼처럼 앞니로 잘근잘근 씹 어 먹으면 단물이 나와서 맛도 있거니와 갈증도 해소되었다. 엄마도 몹 시 갈증이 났나 보다. 꽃을 채취하다가 그 시절 생각을 하며 찔레 순을 입에 넣고 추억을 소환해 보지만 그때 그 맛이랴.

지난달 충남 온양에 있는 NH 여성대학 특강에 갔을 때도 찔레꽃 의 전설을 이야기하며 중년 주부들의 눈물샘을 자극했더랬다. 찔레꽃에 는 고려시대 공녀로 끌려갔던 '찔레'라는 소녀의 슬픈 이야기가 전해 내 려온다. 아픈 아버지와 어린 동생 달래를 고향에 두고 몽골에 공녀로 끌

찔레꽃은 민초의 향기다. 찔레꽃에는 가난하던 시절 우리네 어머니의 가슴 시린 노래가 있다. 이 땅에 살았던 여인들의 고단했던 삶이 고스란히 깃들어 있다.

려가게 된 찔레는 갖은 고초를 겪은 후 10여 년 만에 고향으로 돌아온다. 그런데 아버지는 이미 세상을 떠났고 동생 달래는 집을 뛰쳐나갔다는 소식을 듣는다. 달래를 찾아 온 산천을 헤매던 찔레는 지쳐서 쓰러지고 말았고 하얀 꽃이 되었다. 해마다 5월이면 여기저기 골짜기마다 하얗게 피어나는 찔레꽃은 어린 동생을 찾아 헤매던 언니의 흔적이고, 그 진한 향기는 달래에게 자신이 있는 곳을 알리고 싶은 간절한 몸부림이었을 것이다. 가을이 되면 찔레는 빨간 열매를 맺는다. 이 열매를 '영실'이라고 부른다. 울다가 지친 찔레의 붉은 눈망울이다.

몇 해 전 영화 「귀향」을 보았다. 수천 마리의 나비가 푸른 들판과 산을 지나 고향으로 날아오는 엔딩 장면이 지금도 눈에 선하다. 이 땅의 언니들이 강제로 끌려갔다가 살아서 돌아오지 못하고 그 원혼이 나비가 되어서 돌아오는 장면이었다. 그래서 영화 제목의 한자 표기는 '鬼鄕'이다. 열다섯 꽃다운 나이에 정신대에 끌려갔다가 원혼이 되어 고향으로 돌아오는 주인공 민정과는 달리 구사일생으로 살아 돌아온 또 다른 주인공 은경. 머리카락 한 올도 꼭꼭 숨긴 채 살아온 은경은 어느새 백발이 되었다. 어느 날 은경은 정부가 정신대 피해자 보상을 위해 신고 접수를 받는다는 뉴스를 본다. 수백 번을 망설이다 용기를 내어 동사무소를 찾지만 차마 입이 떨어지지 않아 뒤돌아서려는데 뒤통수에서 직원끼리 하는 말이 귀에 들린다.(달라진 것 없이 그들의 고통에 무심한 우리 사회의 자화상을 보여 주는 상징적 장면이다.)

여직원 : 정신대 신고 실적 조서 기안해야 하는데 우리 관내에는 아

무도 없네요.

남직원 : 에이, 있어도 좀 그렇잖아 솔직히. 미치지 않고서야 누가 그런 과거를 밝혀. 안 그래? (두 사람의 대화를 들은 은경은 감정이 북받쳐 분노하며 남자 직원 앞으로 다시 다가간다.)

남직원 : 왜요 할머니?

은경 : 내가! 그! 미친년이다! 우짤래!

　내가 어렸을 때 마을에 아주머니들이 종종 서로 머리채를 잡고 격렬하게 싸움을 할 때면 악에 받쳐 마구 내지르는 최악의 욕은 "이 화냥년아!"였다. 그런데 이 말의 유래를 알고서도 함부로 쓸 수 있을까. 그러니까 병자호란으로 오랑캐에게 끌려갔던 여인들이 다시 조선으로 돌아왔을 때 오랑캐의 성 노리개가 되었다는 이유로 그들을 '환향녀(還鄕女)'라고 불렀다. 살아서 고향에 돌아온 찔레가 아버지와 동생과 함께 살게 되었다면 어떤 대접을 받았을까. 마을 사람들이 나라에 힘이 없어서 어쩔 수 없었다고, 고생했으니 이제는 함께 어울려 잘 살자고 품어 주었을까, 아니면 저 멀리 보이지 않는 곳에 가서 혼자 쥐 죽은 듯이 살라고 성 밖으로 내쫓지는 않았을까.

　올해는 엄마 산소 앞 밭둑에 분홍찔레가 만발했다. 찔레꽃차를 만들어 놓으니 꽃분홍색이 되었다. 찔레꽃 봉오리는 대부분 연분홍색이나 하얀색이지만, 꽃이 피면 하얀색이 된다. 유행가에 나오는 찔레꽃 붉게 피는 남쪽나라 내 고향은 어딘지 모르겠다. 분홍색 찔레를 만나는 것은 행운 중의 행운이다. 꽃차를 시작한 지 10년이 다 되어가도록 엄마 산소 앞 밭둑에 분홍찔레가 해마다 피고 지는 것을 모르고 매년 다른 곳을 찾아다녔다. 꽃차 하는 딸내미에게 엄마가 보내 주신 깜짝 선물인 듯하여 한 움큼씩 따서 며칠을 모았더니 꽃차 서너 병이 나왔다. 일곱 송이를 꽃다관에 넣고 뜨거운 물을 부었다. 과연 향기롭다. 엄마의 분 냄새 같기도 하고, 마리 앙투아네트가 뿌린 향수가 아닐까, 하는 생각도 든다. 찻물을 우려낸 꽃잎은 영화 속에서 민정이가 입고 있던 빛바랜 분홍 저고리 색 같기도 하다.

매년 양이 얼마 되지 않는 찔레꽃차는 아까워서 나눔도 못하고 보관하다가 1년쯤 지나서 보면 색이 바래져 있기 일쑤였다. 올해 만든 꽃차는 그렇게 되기 전에 조금씩 나눔을 할 작정이다.

7
라벤더

나눔의 선순환, 고맙지 아니한가

오랜만이네요, SNS에서 가끔 꽃차 구경 잘하고 있어요. 아는 선배
가 라벤더 외 몇 가지 심어 놓은 것이 있는데 꽃차에 필요하시면 써
도 될 것 같아 사진 보내 봅니다.

대구 인근에서 칼국숫집을 운영하는 이 선생에게서 받은 문자메시
지이다. 대학원 동문이지만 만난 횟수라고 해 봐야 손가락에 꼽을 정도
인데 꽃밭을 보고 꽃차 한다는 내가 생각이 났다니. 나는 냉큼 호의를 받
아들였고, 그는 성주에 있는 라벤더 꽃밭으로 나를 안내해 주었다.

성주읍을 벗어나 한참을 달리고도 구불구불하게 난 좁은 시골길을
지나 산 중턱에 다다르니 이 선생의 선배가 일구고 있는 넓은 밭이 눈에
들어왔다. 300여 평의 밭에는 연보랏빛 라벤더가 바람을 타고 한들거리

며 어서 오라는 손짓을 하고 있었다. 밭을 돌보고 있던 주인(이 선생의 선배)이 반갑게 맞아 주며 꿀을 탄 냉커피를 권했다. 30도를 웃도는 불볕더위에 시원한 커피는 꽃차보다 더 맛이 있었다. 동행한 지인과 나는 마음껏 가져가도 좋다는 주인의 허락을 받고 라벤더 한 아름을 품에 안았다.

소나무 그늘 아래 자리를 펴고 앉으니 산들바람이 평화를 실어다 주었다. 새참할 요량으로 단골 빵집에서 집어온 샌드위치 맛도 그만이었고, 지인이 준비한 감주도 아주 맛이 있었다. 꽃을 보러 간 곳에서 소풍하듯 그렇게 감사한 한나절을 보냈다. 그 선배는 10년 계획으로 관광농원을 준비하고 있으며, 수천 평 야산에 체리와 라벤더를 주 작목으로 꾸밀 거라고 하였다. 근사한 카페도 곧 지을 예정이고, 체험 가능한 상품도 구상 중이라며 들떠 있었다. 나를 꽃밭으로 안내해 준 이 선생의 마음도, 애써 농사 지은 라벤더를 밭째로 다 내어 주는 선배의 마음도 가슴에 깊이 품은 하루였다.

라벤더 향은 여름의 향기다. 집에 오는 내내 차 안은 라벤더 향으로 가득했다. 오후 4시를 조금 넘긴 시간, 집을 지나쳐서 텃밭으로 향했다. 매일매일 한밭 가득 꽃을 피우는 나의 꽃밭. 파란색 수레국화, 알록달록 비올라, 하얀색 캐모마일, 주황색 마리골드와 금잔화, 꽃분홍 당아욱(블루멜로우)에 초록 민트(박하)가 나를 기다리고 있었다. 따야 할 꽃이 얼마나 많던지 어둑어둑해질 무렵이 되어서야 꽃밭에서 나올 수 있었다. 따온 꽃을 꽃방에 펼쳐 놓으니 라벤더와 캐모마일, 박하 향기가 과연 갑이다.

하룻밤 펼쳐 둔 라벤더는 줄기째로 꽃차를 만든다. 냄비에 물이 끓

라벤더 향은 여름의 향기다. 연보랏빛 라벤더가 바람을 타고 한들거리는 300여 평의 밭에서 소풍하듯 감사한 한나절을 보냈다.

을 때 2분여 증기를 쐬어 주면 보라색 꽃잎은 더 짙어지고 파란 줄기는 진녹색이 된다. 향기는 절정에 이르러 온 집에 여름 향기가 진동한다. 따뜻한 장판 위에 펼쳐서 말리기만 하면 라벤더 꽃차의 완성이다. 라벤더 두 줄기와 캐모마일 세 줄기 그리고 금계국 한 송이를 함께 묶어 스틱 꽃차를 만들었다. 깊숙한 머그 컵에 꽃차를 꽂고 뜨거운 물을 부으면 금계국의 노란 찻물이 금방 우러나고 라벤더와 캐모마일 향이 앞 다투어 콧속으로 들어온다. 색은 사랑스럽고 향기는 상큼하고 맛은 달콤하다. 좀 넉넉하게 만들어서 이 선생에게도 가져다주고 그 선배한테도 나눔 해야겠다.

지금 내 꽃방에는 어제 모셔 온 여름 꽃들이 한 방 가득 꽃차로 익어 가고 있다. 하루 종일 여름비가 추적추적 내린다. 텃밭에 일부러 물을 주러 가지 않아도 되니 모처럼 여유가 생겼다. 라벤더로 꽃 식초를 만들 작정이다. 어제 텃밭에서 담아 온 로즈마리, 타임, 민트, 비올라, 당아욱꽃, 금잔화, 마리골드도 한 바구니 있으니 재료는 이만하면 충분하겠고. 발효 식초와 설탕을 같은 비율로 희석해 놓고 레몬도 얇게 썰어 준비한다. 잘 씻어 식초에 헹군 재료들을 키가 큰 유리병에 알맞게 넣는다. 중간 중간에 레몬도 넣어 주고. 마지막으로 설탕과 섞어 놓은 식초를 부어 주면 된다. 보름 정도 숙성시킨 후 아이스티로 마시면 여름 음료로 시원함이 그만이다. 새콤달콤하면서 꽃 향과 허브 향이 우러날 뿐 아니라 시각적으로도 참 예쁘다.

몇 병 만들어서 이 선생과 선배에게 가져다 줄 것을 따로 챙겨 두어야겠다. 이 선생의 마음이 그러했고 선배의 아량이 그러했으니 나도 당연히 그렇게 해야지. 사곡의 작약밭 농부가 그랬고, 꽃밭을 다 내어 준 고향의 도라지밭 주인이 그랬듯이.

곧 연꽃이 피는 7월이다. 이제염오(離諸染汚)의 꽃. 안심 연꽃 농부의 연꽃 피었다는 기별이 오면 나는 연꽃이 만발한 그곳으로 간다.

8

마리골드

묵묵히 희망을 내뿜는 그녀의 마리골드

주말 저녁에 남동생 내외로부터 꽃차가 몇 병 필요하다는 전화를 받았다. 나이 지긋한 지인의 눈이 침침하여 걱정하던 차에 남동생이 마리골드꽃차를 마셔 보라고 권한 모양이었다. 꽃차 판매가 주업이 아닌 나에게도 드문드문 꽃차 구매를 문의하는 전화가 오는데 열이면 아홉이 마리골드꽃차에 관한 것들이다. 텔레비전에서 눈 건강과 관련한 프로그램이 방영된 직후에는 전화가 부쩍 더 잦다. 주로 노란색과 주황색 식물이 많이 함유한 카로티노이드계의 색소 성분인 루테인이 마리골드(금잔화 포함) 추출물에 많이 들어 있다는 정보를 접한 모양이었다. 지난겨울, 퇴직교사 김 선생이 마리골드꽃차를 몇 번이나 재구매해 간 것도 아마 노안으로 인한 불편함을 달래 볼 요량이었을 것이다. 마리골드가 다른 식물에 비해 루테인 성분을 더 많이 함유하고 있다는 사실을 나도 안다. 하지만 침출차로 음용했을 때 몸에 흡수율이 그다지 높지 않다는 불편한 진실을 그들에게 군이 강조하고 싶지는 않다. 꽃차를 마셔서 침침하던 시력이 회복되지는 않겠지만 꽃차로 인해 조금이라도 기분 전환이 된다면 결국은 건강에 도움이 되지 않겠나 싶어서다.

동생네 집까지는 차로 고속도로를 달려 40분쯤 걸린다. 조그마한 병 몇 개를 택배로 보내기도 그렇고 해서 바람도 쐴 겸 직접 가져다주기 위하여 길을 나섰다. 어느새 산이고 들이 온통 푸른빛으로 옷을 갈아입었다. 곧 아카시와 찔레가 산천을 뒤덮고 넝쿨장미 붉은 5월이 온다. 이른 봄에 향기롭던 매화도, 4월에 흩날리던 벚꽃잎도 모두 사라졌다. 목련꽃, 진달래꽃, 복숭아꽃. 분홍, 노랑, 하얀 꽃차 모두 유리병 속에 가두어 보았지만 가는 봄을 잡을 수는 없는 노릇이다.

한 주를 시작하는 월요일, 아침부터 비가 내린다. 휴일에 옮겨 심은 꽃 모종이 땅에 잘 자리 잡을 것 같다. 적기에 내려 주는 비가 고맙다. 나에게도 꽃밭이 생겼다. 집에서 차로 5분도 걸리지 않는 가까운 곳에 제법 면적이 넓은 (40평이 넘는다.) 내 밭이 생겼다. 인근에서 꽃집을 운영하는 김 선생이 임대 해 준 공간이다. 시골 친정에 수백 평의 노는 땅이 있은들 언감생심. 멀리 있는 까닭에 꽃을 심어도 제때 채취를 할 수 없어 매년 애를 태웠더랬다. 가까운 곳에 이렇게 넓은 꽃밭이 생기다니. 밭에 딸린 비닐하우스에 수레국화, 타임, 금잔화, 맨드라미 씨앗을 파종했는데 벌써 싹을 틔워 제법 크다. 지난 주말에는 온종일 밭에 나가 흙을 고르고 고랑을 만들었다. 이랑에 비닐을 씌우고 김 선생네 화원에서 구입한 삼색제비꽃과 캐모마일, 마리골드 모종을 옮겨 심었다. 곧 비닐하우스 안에 있는 모종도 옮겨 심어야 하고 라벤더와 로즈마리도 몇 포기 사다가 심을 작정이다. 올여름, 알록달록해질 나의 꽃밭, 생각만 해도 기분이 들뜬다.

나에게 꽃밭을 임대해 준 김 선생 이야기를 빼놓을 수 없다. 그러니까 3년 전, 20년이 넘게 꽃집을 운영하던 김 선생에게 갱년기가 찾아왔다. 꽃이 좋아서 계절마다 끊임없는 관심을 주며 달려온 세월이 어느 날부터인가 공허함으로 다가온다며 꽃차랑을 찾아왔다. 늘 분주하고 바쁜 나날에 몸과 마음이 지쳤다고 말했던 그녀. 그랬던 그녀가 2년간 꽃차를 배우고 꽃차 전문가 자격시험을 보기 위해 심사위원 앞에 섰다. 지난해 12월의 일이다.

"마리골드는 봄에 나의 꽃집에 잠시 들렀다 가는 손님 같은 풀이었다. 겨울의 차가운 공기를 뚫고 기지개를 켜며 환하게 웃는 화려한 꽃들에 가려져서 나에게는 별 의미를 가지고 있지 않은 꽃이었다. 꽃차를 공부하게 되면서 꽃 하나하나를 더 유심히 보게 되었고, 그중 마리골드가 내 눈에 들어왔다. 길모퉁이, 아파트 화단, 아무개 집 울타리에 흔하게 피고 지는 꽃인 줄 알았는데 우리의 일상 속에서 묵묵히 희망의 빛깔을 내뿜는 꽃이라고 생각하니 더욱 정감이 갔다. 늦은 봄부터 겨울의 문턱에 다다를 때까지 꿋꿋하게 그 자리에서 꽃을 피우는 녀석. 길가의 작은 잡초 하나라도 사랑과 관심을 어떻게 주느냐에 따라 그 존재가 특별해질 수 있다는 것을 알았다. 그런 마리골드를 직접 재배하여 꽃차로 만들었다. 오롯이 내가 만든 첫 꽃차이자 나에게 생기를 되찾게 해 준 고마운 녀석이다."

"울타리에 흔하게 피고 지는 꽃인 줄 알았는데 우리의 일상 속에서 묵묵히 희망의 빛깔을 내뿜는 꽃이 었네요. 사랑과 관심에 따라 얼마나 존재가 특별해지는지를 가르쳐 준 꽃이랍니다."

심사위원 앞에서 마리골드 꽃차를 발표 주제로 선정한 이유를 담담하게 이야기하던 그녀. 자그마한 체구에 숏컷을 한 머리, 뽀얀 피부와 다부진 말투의 그녀 모습에서 꽃차랑을 처음 방문했을 때와는 사뭇 다른 생기를 느꼈다.

김 선생은 짧은 동영상 한편을 보여 주며 마리골드 이야기를 이어 갔다. 즉 힘겹게 의자에 앉아 있던 마마코코가 미겔이 부르는 노래를 따라 부른다. 지켜보던 가족에게는 기적에 가까운 일이었다. 사랑하는 딸 코코를 위해 아버지가 불러 주었던 노래 Remember me. 가족의 기억 속에서 지워졌던 미겔의 고조할아버지가 죽은 자의 날에 온통 마리골드 꽃으로 장식된 제단에 올 수 있는 유일한 길은 후손들이 자신을 기억해 주는 것이었다. 멕시코 어느 시골 마을에 사는 열두 살 소년 미겔이 죽은 자들의 날에 자신의 조상을 만나면서 벌어지는 하루 동안의 모험을 다룬 영화 「코코」의 한 장면을 소개해 준 것이다. 미겔과 마마코코가 함께 노래를 부를 때 김 선생의 눈시울이 잠시 붉어졌다. 꽃차와 꽃에 대한 희망을 얘기하며 주제 발표를 마무리한 그녀는 심사위원의 호평을 받았다. 그리고 당당히 꽃차 전문가 자격증을 취득하였다. 인생의 공허함을 슬기롭게 이겨 낸 듯 그녀는 요즘도 틈틈이 꽃차를 만들며 꽃 속에서, 사람 속에서 연중 가장 바쁜(화원을 운영하므로 봄꽃을 찾는 손님들로 연일 문전성시다) 하루하루를 보내고 있다.

자격시험이 있던 날 밤, 장면마다 마리골드가 넘쳐난다는 영화의 전체 스토리가 궁금하여 「코코」를 끝까지 보았다. 그리고는 죽음을 대하는 멕시코 사람들의 태도 속으로 들어가 보았다. 멕시코에서 매년 10월

31일부터 11월 2일까지 3일간은 죽은 조상들을 기리는 명절인 '죽은 자들의 날'이다. 10월 31일에 제단을 꾸미고 11월 1일에는 아이들을 위한 제사를, 2일에는 죽은 어른들을 위하여 제사를 지낸다. 죽은 자들의 날이 되면 고인이 제단으로 찾아온다고 믿기에 이날을 밝고 즐겁게 보낸다. 우리나라에도 조상의 음덕을 기리는 명절과 제사가 있지만 멕시코와는 달리 조용하고 엄숙하다. 반면에 멕시코의 죽은 자들의 날은 축제를 하며 즐긴다. 해골 분장을 하고, 해골 모양의 장식도 한다. 제단은 물론 집안과 거리, 묘지를 마리골드로 화려하게 꾸민다. 마리골드 꽃향기가 고인을 저승에서 이승으로 안내해 준다고 믿기 때문이다. 「코코」에서도 망자들이 저승에서 이승으로 건너오는 다리와 제단, 거리 곳곳이 온통 마리골드 꽃길이다. 삶은 짧은 순간이고 저승이야말로 영원한 세계라고 생각하는 사람들. 영원한 세상으로 떠나기에 죽음을 슬프다고 여기지 않는 멕시코 사람들. 그들에게 죽은 자들의 날이 축제인 까닭이다.

미국의 10월 31일은 핼러윈 데이다. 이날 사람들은 악령이나 귀신 분장을 하는데 이는 악령들이 자신들과 같다고 착각하여 사람들에게 해를 끼치지 못하도록 하기 위해서라고 한다. 미국의 핼러윈 데이, 우리나라의 제사를 지내는 풍습, 멕시코의 죽은 자들의 날 모두가 죽음을 공통적으로 다룸에도, 죽음을 대하는 태도에서는 극명한 차이가 있다. 즉 축제를 열고 망자들을 기다리거나, 망자들이 해코지할까 봐 두려워서 그들이 알아보지 못하도록 변장하거나, 죽음을 영원한 이별로 여겨 슬픔을 드러내거나.

비단 죽음뿐 아니라 하루하루 살면서 맞닥뜨리는 문제에 대한 태도 또한 크게 다르지 않을 것이다. 어떤 문제에 봉착했을 때의 태도 말이다. 맞서서 즐기거나, 두려움에 피하거나, 망연자실 슬퍼하고 체념하거나. 이렇게 본다면 적어도 김 선생은 불현듯 찾아온 공허감 앞에서 두려워하지도, 슬퍼하지도 않았다. 꽃차를 통해 즐거움을 얻었고 지혜롭게 힘든 시간을 넘어갈 수 있었던 건 아닐까.

9

맨드라미

가을날 화려함을 뽐낼 때까지

어릴 적 시골 담장 밑이나 장독대 주변에서 여름이면 흔히 볼 수 있는 꽃이 있다. '달구베실꽃'이라고 어른들이 부르기도 한 것 같다. 생긴 모양이 흡사 닭의 볏을 닮았다. '계관화(鷄冠花)', '계두화(鷄頭花)'라고도 하는 바로 맨드라미꽃. 맨드라미가 순우리말이라는 것은 내가 꽃차를 시작하고 꽃에 대해 많은 것이 궁금하던 때에 인터넷을 통해 알게 된 사실이다. 씨앗 생긴 모양이 맨들맨들해서 맨드라미인가, 라는 생각도 해봤더랬다. 유독 장독대 주변에 맨드라미를 많이 심은 이유는 뱀이 닭을 무서워하여 상극이라는 전설 따라 삼천리 이야기처럼, 울타리가 따로 없던 시절에 담장이나 장독대로 뱀이 함부로 들어가지 못하도록(닭의 머리를 닮은) 맨드라미를 심었다는 것. 조상들의 지혜가 놀랍다.

맨드라미꽃 모양을 자세히 보면 장수의 단단한 방패를 닮기도 했다.

이를테면 무룡 장군 전설(무룡은 충직했으나 간신들의 모함으로 임금이 내린 명에 칼을 맞고 쓰러졌다. 역당들이 임금조차 해하려 하자 사력을 다하여 최후까지 임금을 지켜 냈고 그 후 무룡 장군의 무덤에는 방패를 닮은 붉은 꽃이 피었다.). 수탉 볏을 닮아 뱀이 싫어한다는 꽃, 무룡의 방패같이 생긴 붉은 충절의 꽃 맨드라미. 꽃의 스토리를 알고 그 꽃을 대하면 사뭇 느낌이 다르다.

맨드라미는 꽃차로 만들어도 아주 좋다. 맛은 물론이고 차 색이 참 붉고 곱다. 꽃을 다듬고 매만지다 보면 손톱 밑과 손바닥이 온통 발갛게 물든다. 꽃차를 만들 대부분의 꽃은 피자마자, 그러니까 수정이 일어나기 전에 채취해야 한다. 그러나 맨드라미는 가을이 되어 밤 기온이 떨어지면 더욱 맑고 화려한 색을 낸다. 때문에 기다림이 필요하다. 가을이 오기 전에 성급하게 만들면 예쁜 차 색을 기대하기 어렵다. 몇 년 전 가을, 시골 밭에서 거두어 온 맨드라미를 며칠 밤낮을 매만져서 차로 만들어 놓고는 알 수 없이 밀려오는 감정을 사언절구로 표현해 놓은 적이 있다. 꽃차를 하다 보면 저절로 시인이 되기도 한다. 종종 꺼내 읽으며 감회에 젖곤 한다.

온여름내 염천에서 더위하고 싸우다가
땡볕탈출 싶었더니 이게무슨 운명장난
전기렌지 불켜놓고 스뎅냄비 물올린다
채반위에 올려놓고 뜨건증기 조우한다
구수한맛 좋다하니 그다음엔 덖음하네
찌고덖어 우림하니 붉은피를 토해내내

뜨건신세 못면하는 맨드라미 무슨운명.

맨드라미꽃차는 뜨거운 물을 만나면 자신이 가지고 있던 붉은색을 오롯이 내뱉는다. 핏기가 사라진 물속의 꽃은 생명을 잃어버린 무룡 장군 모습인 듯하다.

나에게 3년째 꽃차를 배우는 여인이 있다. 3년 전 대구가톨릭대학교 평생교육원 강좌에서 만나 통성명을 하면서 같은 고향사람인 걸 알았고 나이를 밝히다 보니 고등학교 동기의 누나였다. 다른 사람들보다 공감대가 남달랐던 그녀를 나는 선배님이라고 불렀지만 선배는 지금도 나를 선생님이라고 부르며 깍듯이 대한다. 그런 선배가 얼마 전, 꽃차 전문가 자격증을 취득했다. 내가 줄 수 있는 최고 단계의 '꽃차전문강사자격증(2급과 1급자격증을 취득한 후에 도전할 수 있다.)'이다. 이 자격증을 취득하기 위해서는 주제 꽃차를 정하고 40분간 강의 시연을 해야 한다. 그렇게 하려면 사전에 충분한 준비가 필요하다. 가르치는 나도 배우는 선배도 긴 시간 그 과정이 녹록치 않았지만 그녀는 열심히 준비했다. 최선을 다하여 노력하는 모습이 아름다웠다. (그녀의 다음 계획은 내년 중 집 근처 새로 들어선 아파트 단지에서 아담한 공방을 열고 꽃차를 지도하는 것이다.)

심사 당일. '시들지 않는 꽃, 언니 닮은 맨드라미'. 선배가 강의 시연을 위하여 첫 화면에 띄운 제목이다. 꽃차를 하게 된 계기와 맨드라미를 주제 꽃으로 선정한 이유 등을 심사위원 앞에서 담담하게 풀어 나가기 시작했으며, 꽃차 만드는 법과 활용, 마무리 말까지 준비한 순서대로 큰 실수 없이 프레젠테이션을 마쳤다. 중간중간 습관적으로 반복되는 부자

연스런 말투나 제스처가 다소 아쉬웠지만 그녀의 아름다운 도전에 크게
흠 될 일은 아니었다. 사실 수많은 연습 과정을 거쳤기 때문에 발표 내용
과 전개를 나는 훤히 꿰뚫고 있었다(나는 심사위원이 아니었다).

발표에는 그녀를 매번 눈물바람하게 한 내용이 포함되었다. 사연 한
토막. 6,70년대 시골. 7남매 중 다섯째였던 그녀. 밑으로 남동생 둘에 위
로 언니 셋과 오빠가 있었다. 남동생이 엄마의 사랑을 독차지했고 아직
어렸던 그녀는 둘째 언니가 엄마를 대신해 돌봤다. 씻겨 주고 먹여 주고
재워 주던 언니. 자매들이 모여 공기놀이며 고무줄놀이하던 기억도 새
록새록했고. 그녀와 둘째 언니가 함께 숨바꼭질하던 장독대 옆에는 매
년 맨드라미가 붉게 물들어 있었다고. 엄마 같던 언니가 어느 날 시집을
갔고, 스물일곱 꽃다운 나이에 하늘의 별이 되었다. 맨드라미꽃차 색깔
이 마치 채 피지도 못하고 세상을 떠난 언니의 붉은 핏물 같아 가슴에 사
무친다는 선배는 언니를 향한 그리움을 담아 발표 주제를 맨드라미로
정했다고 하였다.

나에게도 생각나는 한 사람이 있다. 한동안 잊고 살다 맨드라미에
얹어 갑자기 생각난 참 고마운 분. 그러니까 5년 전의 일이다. 토요일 아
침, 좀체 잘 울리지 않던 카카오 톡의 통화 연결음이 분주하게 울렸다.
발신자는 명우문화원 박화자 선생님. 그분에게서는 처음 걸려오는 전화
였다. 선생님이 웬일이실까.

"오늘 새벽시장(달성공원 앞에서 이른 새벽에만 열리는 번개시장)엘 갔더니
쉽게 나오지 않는 맨드라미가 있길래 샀어요. 광미 씨가 맨드라미 구하
기 어렵다고 한 말이 생각나서 양은 얼마 안 되지만 전해 주려고요."

신문지로 돌돌 말아 노끈으로 질끈 동여맨 빨간 맨드라미꽃 세 다발! 한동안 잊고 살다 붉디붉고 귀하디
귀한 맨드라미꽃에 얹어 갑자기 생각난 참 고마운 분.

나는 40대 초반 고향 친구와 함께 집근처에 위치한 고산문화센터에서 다도를 2년간 배우고 사범 수료까지 했다. 대부분의 사람들이 나이 지긋해서 다도를 배우는 데 반해 친구와 나는 조금 일찍 시작한 셈이다. 함께 배운 다우들을 형님이라고 불렀고 모두들 젊은 우리를 예뻐해 주었다. 그때 다도를 가르쳐 주셨던 명우 박화자 선생님이다. 수료 후에는 신년교례회 또는 연말 송년모임 자리에 드문드문 참석하여 뵌 것 말고는 선생님을 뵙지 못했는데, 그해 9월 초, 대구자연과학고등학교에서 열린 대구도시농업박람회장에서 우연히 - 오랜만에 - 만나게 되었다. 잠시 반가운 해후를 하며 가벼이 지나가는 말로 "올해는 맨드라미꽃이 귀해요."라고 한 얘기를 선생님께서 기억하고 계셨던 것이다. 그리하여 그 맨드라미를 전해 주시기 위해 카카오 톡으로 전화를 걸어오신 것.

반가운 마음에 차로 10여 분 거리에 살고 계시는 선생님 집 앞으로 가서는 꽃을 받아 왔다. 신문지로 돌돌 말아 노끈으로 질끈 동여맨 빨간 맨드라미. 붉디붉고 귀하디귀한 맨드라미꽃 세 다발! 맛있는 꽃차로 만들어서 꼭 다시 찾아뵙겠다고 말씀드렸다. 그 일이 있고 얼마 후 다우 형님들에게서 선생님이 쓰러지셨다는 소식을 들었다. 혼자 생활하신지라 일찍 발견하지 못하여 병원으로의 시간이 지체된 모양이었다. 안타까운 소식이었다. 꽃차 만들어서 찾아뵙겠다고 한 약속을 나는 아직 지키지 못하고 있다.

어쩌면 맨드라미는 모든 것을 내어 주고 홀연히 떠나는 희생의 꽃이 아닌가 싶다. 무룡 장군도, 선배의 언니도, 요양병원에서 지독한 병마와 싸우고 계시는 박 선생님도, 그리고 찻잔 속 초라한 꽃 모양도.

10

들국화

모든 것은 변한다

시인 안도현은 자신의 시에서 쑥부쟁이와 구절초를 구분하지 못하는 자신을 '무식한 놈'이라고 부른다. 나는 쑥부쟁이와 구절초는 구별할 줄 안다. 그러나 산국과 감국은 아직 헷갈릴 때가 있다. 원래 생긴 모양도 비슷하거니와 벌들이 산국과 감국을 서로 오가며 가루받이를 하였는지 도대체 내가 아는 지식으로는 꽃을 구분하기가 여간 어려운 것이 아니다. 같은 맥락으로 감국과 산국 앞에서는 내가 무식한 놈이 되고 만다.

이른 봄부터 분주하게 만들기 시작한 꽃차는 늦가을 서리가 내릴 무렵 국화차로 마무리된다. 국화차를 만들고 나면 한동안은 꽃이 귀해진다. 가을이 깊어 가는 산야에는 들국화가 지천이다. 국화가 지고 나면 겨울이 올 것이다. 바람이 비를 몰고 와서 한 계절을 밀어내고 우리는 또 새로운 날을 맞이한다. 하늘은 높고 물소리 바람 소리 더없이 좋은 만추의 들판에서 나는 노란 산국에 파묻혀서 해마다 가을을 만끽했다.

　세상은 시시각각으로 변한다. 변하지 않는 진리가 있다면 사람이든 사물이든 모든 것은 변한다는 사실이다. 철마다 천상의 화원인 남편의 고향 삼거마을. 첩첩산중인 그곳도 산을 가로질러 마을 앞으로 큰 도로가 생긴다. 콘크리트로 옹벽을 쌓고 아스팔트 길을 만드는 중장비 소리가 점점 더 꽃밭으로 가까워져 오고 있다. 계절마다 피고 지는 꽃을 찾아 참새가 방앗간 드나들 듯 오갔던 곳인데 하필 내 꽃밭 주변으로 새 길이 나다니.

　몇 해 전, 꽃방에 산국을 한 아름 펼쳐 놓고 가을 향기 속에 묻혀 꽃을 매만지던 어느 날. 그날도 세상 부러울 것 하나 없는 가장 평화롭고 행복한 시간이었다. 그럼에도 몇 년째 만사를 제쳐두고 급하게 달려가야 하는 곳이 있었다. 엄마가 입원해 계시는 요양병원이다. 엄마는 심한 치매를 앓고 계셨다. 일주일에 사나흘은 꼭 낮 12시와 오후 5시 두 차례 엄마를 보러 갔다. 혼자 힘으로 아무것도 할 수 없는 엄마를 위해 할 수 있는 최소한의 도리라고 생각했다. 엄마 식사를 도와드리는 것을 모든 일의 우선으로 두었다.

　그날 병원에서 있었던 일이다. 집에서 차로 약 20여 분 거리의 요양병원. 종종걸음치며 엄마 점심시간에 맞추어 병원 주차장에 겨우 주차를 했다. 그러지 않아도 좁은 주차 공간에 조문을 온 듯한 차들과 검은 옷을 입은 사람들이 여기저기 보였다. 그러거나 말거나 겨우 한자리를 찾아 얼른 주차하고 엄마 병실로 걸음을 재촉했다.

　요양병원과 골목길을 사이에 두고 초등학교가 있다. 병원에 도착하는 시간이 늘 정해져 있어 갈 때마다 수업 시간이라 학교가 조용했다. 그 날따라 음악 시간인지 교실에서 시끌벅적한 소리가 바깥으로 들렸다. 아이들이 리코더를 부는 소리였다. 리듬을 맞추는 선생님의 목청 높은 소리와 함께 익숙한 멜로디가 리코더를 타고 흘러나왔다. 병실로 향하는 급한 발걸음에도 그 멜로디에 귀 기울이다 이내 피식 웃음이 났다. 아이들이 불고 있는 멜로디는 '지나간 것은 지나간 대로 그런 의미가 있죠. 우리 다 함께 노래합시다. 새로운 꿈을 꾸겠다 말해요'라는 가사의 「걱정 말아요. 그대」라는 대중가요였다. 나도 좋아해서 노래방을 가게 되면 가끔 부르곤 하는 노래다. 저 어린것들이 뭘 안다고 지나간 것은 지나간 대로 그런 의미가 있다고, 걱정을 말라고 하는지. 뜻은 알고 불고 있는 것인지.

나를 웃음 짓게 한 짧은 순간을 뒤로하고 급하게 엄마 병실로 향했다. 그곳엔 나의 눈길을 잠시 멈추게 한 또 하나의 찰나가 기다리고 있었다. 엄마 병실을 가기 위해 꼭 지나가야 하는 곳, 지하로 향하는 장례식장 입구이다. 장례가 있는 날에는 '내일도 숨 쉴 수 있기를 그토록 열망하다 못내 꿈을 접은 그들이 안식으로 들어갔다'는 문구와 망자의 이름 석 자, 나이, 가족 이름들이 입구에 붙는다. 요양병원이라 연세가 많은 고인 이름이 종종 보이곤 했는데 그날은 50대 중반의 한 남자였다. 누구의 남편이자 아이들의 아버지일 것이고, 한 집의 귀한 아들, 어떤 이의 친한 친구였을 텐데 일찍 생을 마감한 모양이었다. 그래서 주차장에 차들이 많았고 검은 옷 입은 조문객들이 보였던 것이다. 슬프지 않은 죽음이 어디 있겠냐마는 안타까운 마음은 금세 잊고 입원실로 급히 올라가

죽 한 숟가락 떠서 엄마 입에 넣어 드렸다. 10년째 앓고 있는 치매로 인지능력도 거의 없고 스스로 몸을 움직이지도 못하지만 본능적으로 숟가락이 입술에 닿으면 입을 벌리고 죽을 삼키는 엄마가 그래도 고마웠다. 죽 한 그릇 다 드신 후 따뜻한 물에 손도 씻겨 드리고 물수건으로 얼굴도 닦아 드렸다. 잔 빗으로 머리를 빗겨 드리니 시원한지 엄마의 표정이 달랐다. 가끔씩 나와 눈도 맞추어 주었다. 말하는 것도 잊어버려서 엄마 목소리조차 들을 수 없게 된 지 오래되었지만 착각인지는 몰라도 어쩌다가 한 번 움직이는 입술 모양이 마치 내 이름을 부르는 것 같았다.

분주하던 점심시간이 지나고 평화가 깃든 가을 오후 한낮, 병실 창문 사이로 들어오는 가을 햇살은 따사롭기 짝이 없고 병실 중앙 벽에 떡하니 앉아 있는(아무도 관심두지 않는) 텔레비전에서는 전국노래자랑이 신나게 재방송되고 있다. 잠시 엄마 옆을 지키다가 이내 나는 집으로 돌아왔다.

병원 지하에서는 가족을 떠나보내는 안타까운 통곡이, 503호 병실은 텔레비전의 시끌벅적한 노래 속에 나름 평화가, 골목길 건너 초등학교에서는 「걱정 말아요. 그대」를 불던 아이들의 조잘거리는 소리가 공존하고 있었다. 가족을 잃은 지하 장례식장에서 사람들이 통곡하는 그 순간에 '걱정 말아요. 그대'라는 멜로디가 울려 퍼지는 우연이라니. 그나마 죽 한 그릇 거뜬히 비운 우리 엄마는 그 순간에도 변해 가고 있었을 것인즉, 전부 따로따로다. 세상은 각자가 처한 상황에서 누구는 슬프고 절망적이고 또 누구는 그럼에도 불구하고 감사하고 평화롭고…… 어떤 이는 고통스럽고, 또 누군가는 즐겁고. 그러하여 시간은 계속 흘러갔다.

두어 시간의 병원행 후 나는 또 꽃방에서 진한 산국의 향에 취해 콧노래를 불렀을 테고.

오늘 아침 뉴스에는 향년 49세에 지병으로 유명을 달리한 유명 축구 선수 부고가 떴다. 고대 로마에서 장군이 승리하여 입성할 때면 반드시 그 뒤에 왕이 보낸 사신이 따라 붙으면서 "Memento mori"를 외쳤다고 한다. 지금 당신은 개선장군이지만 언젠가는 죽음을 맞이할 것이다(죽음을 기억하라!). 나와 당신 또한 다르지 않을 터. 꽃 앞에, 사람 앞에, 세월 앞에 겸손할 일이다.

산국은 호불호가 갈리는 꽃차이다. 향이 아주 짙고 쓴맛이 강하기 때문에 꽃차를 만들 때 다른 꽃과 달리 뜨거운 물에 튀겨 준다. 이를테면 팔팔 끓는 물에 소금을 한 꼬집 넣거나 감초 두어 조각을 넣고는 꽃을 재빠르게 넣었다가 건져서 얼음물에 담근 후 면 보자기에 싸서 물기를 빼내는 작업을 꽃차에서는 물로 튀겨 준다고 말한다. 그런 후 건조하거나 덖어 주면 맛과 향이 조금 더 부드러워진다. 일본어 통역사 권 선생에게 구절초꽃차나 산국차를 우려 주면 온몸으로 쓰다는 표현을 하며 손사래를 친다. 팬플루트를 같이 배우는 서 선생은 짙은 향과 쌉싸름한 차 맛에서 진한 가을을 느낄 수 있어 매력적인 꽃차라고 하였다. 같은 차를 놓고도 입맛과 기호가 사람마다 이만큼 다르다. 그나저나 산국을 모시러 갈 내 꽃밭이 없어졌는데 다가오는 가을에는 어디로 가야 하나.

추신

햇살 내린 아침, 숲속에 바람이 부니 나무들이 춤을 춘다. 매일 밝는 아침이지만 숲은 매일 다르다. 어떤 날은 고요하고 어떤 날은 요란하다. 이 나무는 요동치는데 저 나무는 미동도 없다. 매일 똑같은 시간에, 똑같은 곳에 서서 바라보지만 숲은 순간순간 다른 모습을 나에게 보여 준다. 모든 것은 변해 간다. (2021. 6월의 어느 날)

나는 이른바 숲세권의 혜택을 누리고 있다. 아파트 베란다에서 보이는 것이 온통 푸른 산이다. 아침에는 까치며 온갖 어린 새들이 지저귀고 낮에는 뻐꾸기가, 저녁에는 소쩍새가 솥 적다고 울어 댄다. 타닥타닥 고라니가 뛰어다니는 소리도 수시로 듣는다. 계절이 변해 가는 모습을 매일 아침 구경한다.

11

백화차 예찬

조화로운 맛에서 배우는 삶의 철학

장작 가마에 불을 지피는 도공의 마음이 이러했을까. 앞치마 질끈 졸라매는 손끝에서 여러 가지 생각이 왔다가 지나간다. 오늘은 1년에 한 번 있는 특별한 날.

또 한 해가 막바지에 다다랐다. 세상은 예상치 못한 역병의 창궐로 총성만 없을 뿐 전쟁터 같다. 거리마다 구세군 냄비 종소리와 크리스마스 캐럴이 울려 퍼져야 할 때이건만 요란한 119구급차 소리가 이젠 귀에 더 익숙하다. 이놈의 코로나 팬데믹은 언제쯤 백기를 들게 될지.

나는 꽃차 전문가다. 세상이 이럴지언정 각자 자기 자리는 지켜야 하지 않겠는가. 새봄부터 때맞춰 꽃차 만드는 일은 게을리하지 않았다. 오늘은 백화차를 마무리하는 날이다. 새벽이 하얗게 밝아오는 시간까지 꽃차를 매만지며 요지부동한 날이 일주일째. 바쁘다는 핑계로 하루이틀

미뤄 두었던 큰 숙제 하나를 며칠째 수행하고 있다. 작업의 8부 능선을 넘어 한 해의 마무리에 마침표를 찍는 마음으로 백화차를 갈무리한다. 그저 내가 좋아서 하는 일이니 그 밤이 나는 행복하였다.

백화차는 100가지 꽃이 들어간 꽃차에 붙여진 이름이지만 100가지 꽃을 모두 채우기는 어렵다. 아마 '많이', '온갖 종류의'라는 의미로 붙여진 이름일 것이다. 어쨌거나 수십 가지 꽃차가 모여 다시 하나의 꽃차로 만들어진다. 봄에 만든 목련·개나리·팬지·진달래·매화·골담초·아카시·복사·찔레·벚꽃에서부터 여름의 장미·당귀·수레국·해바라기·마리골드·연꽃·칡꽃. 가을 산국·감국·쑥부쟁이·구절초·맨드라미 그리고 겨울의 동백·차나무꽃까지, 계절마다 피는 갖가지 꽃으로 제철 꽃차를 만들고, 만들어진 꽃차를 다시 모아 하나의 꽃차로 완성하기 때문에 누구나 아무 때나 쉽게 만들 수 있는 꽃차는 아니다. 계절과 시간과 사람의 손길을 아울러 만들어지는 꽃차이다. 그야말로 화합의 차이자 정성과 노력의 결정체인 차이다.

백화차를 만들기 위해 병 속에 꼭꼭 가두어 두었던 갖가지 꽃차들을 꺼내어 펼쳐 놓으니 바깥공기를 맛본 꽃차들이 저마다의 색과 농익은 향기를 내 뿜으며 또 다른 처분을 기다리고 있다. 일주일째 밤마다 꽃잎을 잘게 다듬었다. 장미, 목련, 맨드라미, 매화, 아카시, 뚱딴지, 벚, 생강나무, 수레국화, 도화, 국화, 구절초, 동백, 박하, 삼색제비, 연, 진달래, 찔레, 칡…… 꽃잎을 찢는 손끝은 맵고 속절없다. 잠시 그들의 속내를 훔쳐보았다. '피자마자 발각되고 꺾여서는 뜨거운 물에 쪄지고 이글거리는 불에 볶아졌다. 숨 막히는 병에 갇힌 뒤 겨우 운명을 받아들이고 영면

네가 옳으니 내가 옳으니 서로 다투지 말고 둥글둥글 어우러져 보자꾸나. 향 좋다고 뽐내지 말고 옆에도 좀 나누어 주렴. 부디 맛없다고 기죽지 말고 함께 어울려다오.

백화차 만드는 날

하나 싶었는데 허허, 이젠 백화차를 만든다고 다시 능지처참하는구나.'

며칠에 걸쳐 다듬어 놓은 꽃차는 이제 내 손에서 어울림 한마당 잔치를 벌일 차례다. 자, 봄이 들어간다. 여름 들어간다. 가을, 겨울도 넣는다. 노란꽃 들어간다. 빨간꽃 들어간다. 분홍꽃도 넣어라. 흰꽃도 넣고. 주황도 넣어야지. 달콤한 맛 들어간다. 쌉싸름한 맛 들어간다. 장미 향도 넣고, 구절초, 목련 향도 넣어라. 또 다른 향기 있거들랑 모두 들어가자. 아무런 맛, 아무런 향 없더라도 대환영이다. 대신 예쁜 색을 가지고 있잖니. 나의 향기를 너에게 줄 테니 너의 맛을 나에게 다오. 가을이 봄이랑 친구하고 여름이 겨울과 사돈 맺는다. 이 성분은 저 꽃으로 옮겨 가고 다른 꽃의 향이 이 꽃으로 옮겨와 혼합된 맛과 향으로 어우러진다. 섞이고 묻히고 어우러져서 하나가 된다. 네가 옳으니 내가 옳으니 서로 다투지 말고 둥글둥글 어우러져 보자꾸나. 나중에 꽃물 우려내거든 예쁘다고 튀지 말고 조금만 양보하렴. 향 좋다고 뽐내지 말고 옆에도 좀 나누어 주렴. 부디 맛없다고 기죽지 말고 함께 어울려다오.

요리를 맛깔나게 하려면 갖가지 식재료의 조화로운 섞임이 필요하듯 백화차를 만들 때도 그러하다. 각자 다른 색과 맛, 향기와 성분을 가진 꽃차를 조화롭게 혼합하기 위해서는 적정한 혼합 비율이 중요하다. 예컨대 맛있는 된장찌개를 끓일 때 주재료가 되는 된장이 있고, 부재료와 조미료 등이 있다면 적당한 양의 각 재료를 알맞게 넣어야 맛있는 된장찌개가 되는 것과 비슷한 이치다. 비교적 많이 넣어도 되는 무와 된장처럼 평이하고 부드러우며 무난한 꽃, 특히 생으로도 먹을 수 있는 아카시·골담초·등나무꽃 등은 좀 넉넉하게 넣는다. 부재료인 호박·두부·고기로 맛을 더하듯이 색이 조화로운 꽃으로는 장미·박태기·당아욱·수레국화를 넣어 주고, 맛이나 향을 내 주는 꽃으로 찔레·목련·마리골드·칡·국화·매화·도화 등을 혼합한다. 우렸을 때 약성이 강하거나 향과 색이 짙은 꽃차는 조미료(후추, 마늘, MSG)를 넣듯 아주 소량을 넣는다. 일당귀나 산국, 팬지, 맨드라미 등이 그렇다. 약성, 향, 색이 강한 차는 욕심내지 않는다. 큰 꽃은 적당하게 분리하고 색깔이 강한 차는 잘게 부순다. 부재료의 종류가 많아지면 양을 적게 한다. 큰 꽃부터 섞고 나중에 잔 꽃을 위에 얹어 잘 어우러지도록 고루고루 섞어 준다. 제자들과 백화차를 만드는 날이면 나는 입으로 맛있는 된장찌개를 한 뚝배기 끓인다.

백 사람의 손에서 수천 번의 손길에 의해 일 년 동안 꽃차로 만들어진 꽃을 저마다의 특성에 맞게 일정 비율로 혼합하여 다시 백 일간의 숙성 기간을 거치면 비로소 꽃차의 백미인 백화차가 탄생한다. 숙성 기간을 거쳐 완성 단계가 되면 단체가 유니폼을 입은 것처럼 맛과 향, 차 색이 튀지 않는다. 차를 우리기 위해 다관에 담을 때는 조금씩 여러 가지 꽃차가 들어가게 넣는다. 봄도 넣고 여름도 넣고, 노랑도 넣고 빨강도 넣고 고루 넣는다. 백 가지 모두가 들어갈 수는 없지만 각자의 취향에 따라 좋아하는 향과 맛을 느낄 수 있다. 신기하게도 균일한 차 색과 어우러진 향이 나온다.

백화차의 백미는 어우러진 맛이다. 사람도 마찬가지다. 재주가 부족하다 싶은데 인간미가 넘치는 사람이 있고, 외적으로 아름답다 싶으면 사람들한테 인색한 사람이 있다. 튀지 않고 수수한 듯 조화로운 사람에게는 오랜 여운이 남는 법. 백화차를 만들며 삶의 철학을 또 하나 배워

간다.

　예부터 매년 백중(白衆) ― '백종(百種)'이라고도 한다 ― 에 즐기는 여러 가지 세시풍속이 있다. 백종은 이 무렵에 여러 가지 과실과 채소가 많이 나와 '백 가지 곡식의 씨앗'을 갖추어 놓았다는 뜻인데, 불교에서는 이 날 백 가지 햇곡식과 과일을 차려 놓고 돌아가신 부모와 조상들의 천도재를 올리는 날이기도 하다. 시간과 수고가 오롯이 녹아 있는 백화차 한 잔, 내년 백중날엔 엄마 산소 앞에 한 잔 올릴까.

　며칠 지나면 연말이다. 송구영신하며 남편과 함께 마시는 따뜻한 백화차 한 잔은 어떨까. 제가 끝사랑의 백화차 한 잔 우리겠습니다.

12

이만하면 차고 넘치는
행복한 소풍

귀하게 모셔 온 차나무꽃으로 꽃차 수업을 하던 날이었다. '차나무는 뿌리가 직근성이어서 옮겨 심으면 잘 살지 못한다고 한다. 옮겨 다니지 말고 한 곳에 뿌리내리고 오래 살라는 의미로 예부터 시집가는 딸에게 차 씨앗을 싸 주었다'는 이야기를 들려주자, 시집보낼 딸이 있다는 어느 수강생이 턱도 없다는 듯 대꾸를 했다. 요즘이 어떤 세상인데 일부종사를 하냐고. 살기 힘들면 언제라도 다시 오라고 할 작정이란다. 시대가 변한 탓일까. 옛말도 해석이 달라지는 세상에 산다.

나는 40대 초반에 차(다도)를 배웠다. 일반적으로 '차' 하면 'Camelia sinensis'라는 학명으로 불린다는 사실과, 만드는 방법과 발효의 정도에 따라 백차, 녹차, 황차, 청차, 홍차, 흑차로 구분한다는 것을 차를 공부하면서 알게 되었다. 그 무렵 함께 차를 배웠던 유미 형님의 소개로 처음 차밭엘 가게 되었고, 그 후로 매해 곡우 전후, 4월 20일경이면 무엇엔가 이끌리듯 자연스레 그곳을 다녀온다. 이제 차밭을 다녀오는 일은 빼놓을 수 없는 나의 소확행이 되었다.

2012년 4월 22일, 이날은 난생처음 우전녹차(절기상 곡우를 전후하여 채취한 어린잎으로 만든 귀한 녹차)를 만든 날이다. 집에서 차로 한 시간 반 정도를 달려서 도착한 곳은 경남 진해 시 외곽에 위치한 시루봉 야생 차밭으로, 진해시에서 무료로 개방한다. 아침 일찍 도착한 시루봉에서 참새 혓바닥을 닮은 어린 찻잎을 채취하여 집에 도착하니 오후 서너 시경. 어설픈 지식으로나마 얼른 차를 덖어야 했다. 덖음솥도 없거니와 솥의 온도를 잴 온도계도 있을 리 없는 나는 국을 끓여 먹던 철 냄비를 깨끗이 닦아 가스 불 위에 올렸다. 물방울을 뿌리고 솥에서 또르르 구르는 시점을 찾아서 찻잎을 넣고 '살청(殺青)'이라 부르는 첫 익힘을 했다. 찻잎이 높은 열에 닿자 따닥따닥 소리를 내며 익기 시작했다. 생 찻잎 특유의 쌉싸름한 향이 올라왔다. ― 첫 익힘의 소리와 첫 향을 맡는 것은 매년 녹차를 만드는 과정 중 빼놓을 수 없는 큰 즐거움이다. ― 식히고 유념(비비기)에 이어 다시 덖고 식히기를 아홉 번은 했나 보다. 저녁 10시가 다 되었을 무렵 나만의 첫 녹차가 완성되었다. '세상에서 유일한 수제차'라는 기록과 함께 다소 곳이 무릎을 꿇고 앉아 차를 우려서 마시는 사진이 아직도 나의 SNS 계정에 보관되어 있다. 그날을 회상하면 지금도 쌉싸름한 단맛이 입안을 감도는 듯 입에 침이 고인다.

그 이듬해부터 나는 꽃차를 시작했고 차나무에서 피는 차꽃을 알게 되었다. 그날 이후 매년 10월 말이 되면 나는 다시 한 번 시루봉을 다녀온다. 그러니까 4월과 10월, 일 년에 두 번 그곳을 간다.

어느 해였던가, 차꽃을 작은 대바구니에 소담하게 담아서 산길을 내려오는데 한 노인이 무슨 꽃인지 나에게 물어 왔다. 차나무꽃이라고 하니 수십 년 동안 가까이 살아도 차나무꽃은 처음 본다며 신기하다는 표정을 지었다. 그도 그럴 것이 차나무꽃은 유심히 보지 않으면 눈에 잘 띄지 않는다. 다섯 조각으로 된 꽃받침에 하얀 꽃잎 6개, 노란 수술이 217개인(내가 직접 손가락셈 해 본 바로는) 차나무꽃은 커다란 잎에 가려져서 좀체 눈에 보이지 않는다. 게다가 꽃은 아래를 향해 피어 있기 때문에 꽃을 따려면 잎을 젖히고 허리를 숙여서 따야 한다. 어떨 때는 무릎을 꿇어야 할 때도 있다. 차꽃은 고개를 숙인 채 다소곳하게 피었다 지는 겸손의 꽃이다. 꽃도 그렇거니와 그 꽃을 따기 위해서는 나도 자세를 낮추어야만 한다.

차꽃 옆에는 열매도 함께 달린다. 꽃이 지고 열매가 자라기 시작하여 이듬해 가을이 되면 새로 핀 꽃과 함께 익어 간다. 그래서 차나무를 '실화상봉수(實花相逢樹)'라고 부른다. 꽃과 열매가 동시에 달려 있는 식물은 그리 흔하지 않다. 열매가 무르익으면 두꺼운 겉껍질이 터지고 윤기가 나는 갈색의 단단한 씨앗 세 알이 땅으로 떨어진다. 시루봉 차밭에 가면 수년 동안 땅속에 묻혀 있던 차나무 씨앗들이 싹을 틔우고 어린나무로 자라나 다시 잎이 돋고 꽃을 피우는 광경을 볼 수 있다.

꽃을 모신 후 시루봉에서 내려와 잠시 다리를 펴고 앉아 휴식하는 아파트 옆 쉼터. 눈앞에 보이는 담벼락에는 봄에 피지 못한 때늦은 꽃인지 아니면 내년에 필 때 이른 꽃인지, 벚꽃이 한 그루 화사하게 피었다.

알고 보니 가을에 피는 벚꽃, '춘추화'라고 했다. 늦가을 진해에 활짝 핀 춘추화와 차나무꽃이 지고 나면 새봄이 오기까지 한동안은 꽃구경이 힘들어진다. 꽃을 채취하고 다듬어 만드는 과정이 꽃차를 하는 즐거움의 8할 이상인 나, 녹차를 만들 때도, 찻잎을 직접 채취하여 제다(製茶)하는 즐거움이 완성된 차를 음다(飮茶)하는 것 이상으로 크다.

그 후 나는 차 공부를 좀 더 해 보기 위하여 원광디지털대학교 사이버대학에 편입하여 육우의 『다경(茶經)』을 공부할 기회가 있었다. 『다경』 「일지원(一之源)」 편에서는 찻잎은 야생의 것이 좋고, 양지바른 언덕 그늘진 숲이 좋다고 했다. 진해 시루봉은 야생 차밭이고 소나무가 반그늘을 만들어 주는 양애음림(陽厓陰林)이니 좋은 장소였다. 또 맑은 날 이슬 머금은 찻잎을 채엽하라고 하였다. 흐린 날에 채취하지 않는다고 했다.

2019년 4월 22일 아침, 날씨를 알아보니 구름이 조금 있고 대체로 맑다고 전했다. 진해에 도착하니 다행히 날은 채엽하기 참으로 적당했다. 자가용으로 한 시간 조금 더 걸리는 진해 시루봉은 그렇게 부담되는 거리는 아니다. 작년 가을에 꽃을 채취하러 갔을 때까지만 해도 늘 '벚꽃마을 아파트'에 주차를 해서 적잖이 눈치가 보였더랬다. 진해시에선 그새 시루봉 초입에 넓은 무료 주차장을 만들어 놓아 시루봉 오르는 사람들의 주차 부담을 덜어 주고 있었다. 진해시 멋져!

하루 계획은 두어 시간 채엽을 한 후 서둘러 집에 와서 덖음 녹차를 완성하고 저녁때는 사이버대학 중간고사를 치르는 것. 그러려면 시간 치기로 얼른 얼른 움직여야 했다. 11시쯤 차밭에 도착하니 평소 무겁게 느껴지던 몸도 가벼워졌고 밤이면 뻐근하게 아프던 팔과 목덜미도 전

차꽃은 고개를 숙인 채 다소곳하게 피었다 지는 겸손의 꽃이다. 꽃도 그렇거니와 그 꽃을 따기 위해서는 나도 자세를 낮추어야만 한다.

혀 이상이 없는 듯 개운했다. 발걸음도 가뿐하고. 차밭 초입에 들어서자 산 지킴이 아저씨가 보이기에 웃으며 인사하고는 "찻잎 조금만 따 가께 예~"라고 말을 건네니 웃으며 인사를 받아 주었다. "조금 따면 안 됩니다. 많~이 따가시이소."라고 했다. 마음 편히 보자기를 허리에 차고 1아 1엽(1창1기라고도 한다)의 귀한 찻잎을 취하기 시작했다. 예로부터 죽순 같은 싹(筍)이 좋고, 아(芽)가 그 다음이라고 했다. 색깔은 자주색이 좋고 녹색은 다음이라고 했다. 나는 자주색 또는 녹색의 1아1엽 또는 1아2엽의 어린 싹을 채엽하려고 노력하였다. 송홧가루가 찻잎에 많이 앉아 있어서 조금 아쉬웠다. 똑똑똑! 어린잎을 따는 소리이다.

채엽에 몰두하는 동안 이런저런 생각을 하였다. 노후의 우리 부부에게 펼쳐질 생활에 대한 생각, 내가 지금 하고 있는 일에 대한 여러 가지 상황과 사람에 대한 생각, 또 일상의 잔잔함에 대한 고마움, 특히 탈 없이 잘 자라 주는 아이들에 대한 고마움과 대견함 등등. 그리고는 찻잎 하나 딸 때 '감사합니다' 한 번씩 백 번쯤 흥얼거리다가 또 '미안합니다'를 한 오십 번. 그러다 보니 두 시간이 훌쩍 지나 버리고 벌써 오후 1시 30분을 넘겨 버렸다. 집으로 돌아올 시간. 차나무 앞에서 아쉬운 듯 몇 컷의 사진을 찍었다. 점심 먹을 시간도 아끼느라 산을 내려와서 먼지를 털어 버리고는 주차장 벤치에 앉아서 햄버거 하나에 오미자 주스 파우치로 대신했다. 그래도 빠뜨릴 수 없는 것은 채엽한 찻잎 펼쳐 보기. 예쁘고 귀하다. 양이 충분하지 않으니 더 그러했다. 참새 혓바닥 닮았다는 어린 찻잎. 올해는 욕심을 좀 내려놓았다. 양이 조금 적어도 기쁘기만 했다. 서둘러 진해를 벗어났다. 뚝뚝 떨어진 동백꽃과 막 피어난 연분홍 연산홍을 뒤로하고 외곽도로를 달려 금세 진해를 벗어났다.

집에 돌아온 나는 깨끗한 몸과 마음으로 바로 차를 덖기 시작했다. 작년까지는 꽃차랑에서 가스 불에 무쇠솥을 올려 덖음차를 만들었으나 올해는 집에서 전기 팬에 덖기로 했다. 찻잎의 무게를 달아 보니 두 시간 이상 채엽했는데 200g밖에 되지 않았다. 드디어 살청이다. 제다학 강의에서 배운 지식을 바탕으로 살청 온도는 약 280℃에서 3분 이내로, 찻잎의 온도는 70℃가 되도록 하려고 노력했다. 찻잎이 열을 만나니 따닥따닥 소리를 내며 풋풋한 차향을 내뿜기 시작했다. 그 향과 소리를 접하는 것은 차를 덖는 사람만이 누리는 특권이었다. 빠른 손놀림으로 흩뜨리기와 모아 두기를 반복했다. 찻잎의 수분으로 손이 뜨거움을 느꼈지만 꽃차를 만들면서 단련된 감각 덕에 할 만했다. 찻잎이 얼마나 차진지 손에 쩍쩍 붙었다.

살청은 찻잎이 산화하는 것을 막아 더 이상 발효되지 않게 하는 작업이다. 또한 빠른 시간 내에 찻잎이 고루 익어야 누렇게 또는 뻘겋게 변하지 않는다. 살청이 끝난 찻잎을 빨리 흩어서 싸늘하게 식혀 주었다. 찻잎은 싸늘하게 식었으나 차를 덖는 나는 목덜미와 등줄기에 온통 땀이었다. 다음은 유념이다. 찻잎의 모양을 잡아 줄 뿐만 아니라 찻잎의 부피도 줄이고 차의 성분이 잘 우러나도록 조직을 파괴하기 위해 비벼 주는 과정이다. 찻잎이 찰떡같이 손에 자꾸 달라붙었다. 약하게 강하게 또 약하게 비비고 난 다음 뭉쳐진 찻잎을 고루 풀어헤치는 작업을 반복했다. 고루 유념이 끝난 찻잎은 다시 2차로 불 위에 올렸다. 온도를 훨씬 낮춘 170℃ 정도, 수분도 반 이상으로 줄어드는 단계이다. 손끝에서 촉촉함과

쫀쫀함이 아직 느껴졌다. 그리고 또 싸늘히 식혔다. 다음 3차 덖음이다. 100℃ 조금 넘는 온도에서 여유를 가지고 차가 딱딱해질 때까지 덖는 단계이다. 철판과 맞닿은 찻잎이 더러 사그락사그락 소리를 내기 시작했다. 색도 점점 검푸러졌고 고소한 향기가 풍겨 왔다.

어느새 두 시간 가까이 흘렀고, 차는 제 모양, 제 색깔로 변해 가고 있었다. 함수량을 조절하기 위하여 식은 찻잎을 다시 한 번 100℃ 정도에서 여유 있게 덖고 식혀 주었다. 통통한 찻잎을 몇 개 집어 씹어 보니 쌉싸름한 햇차 맛이 입 안 가득 퍼지고, 침이 고이며 단맛이 한동안 입안 가득 전체에 한참 동안 감돌았다. 이제 마지막 마무리 덖음이다. 조금 더 여유를 가지고 천천히 60℃ 정도의 낮은 온도에서 남은 수분을 날려 주는 덖음을 하고는 따뜻하게 느껴질 정도의 불 위에 펼쳐 놓았다. 차가 익어 가고 있다. 궁금하다. 내가 만든 차 맛과 색깔과 차향이. 정성이 반이라는데 단연 최고겠지.

전해오는 이야기에, 고대 중국 삼황오제 중 하나인 신농(神農)이 온갖 독초를 먹고 중독되었는데 찻잎으로 해독했다고 한다. 만병을 고친다고 하니 그래서 그런가, 차를 덖는 몸가짐과 마음가짐도 경건하였다. 귀하고 신비로운 영물 같다는 생각도 해 보았다. 찻잎을 따고 살청, 유념, 덖음(건조)을 하는 일련의 과정들이 내겐 너무나 행복한 일이다. 차는 나의 몸과 마음에 평화를 선사하는 소중한 선물임에 틀림없다. 그런 오늘이 감사하다.

2021년 4월 22일, 오늘도 어김없이 나는 시루봉에 다녀왔다. 지난 1월 꽃차 전문가 강사 과정을 마치고 봄꽃차를 열심히 만들고 있는 두

참새 혓바닥 닮았다는 어린 찻잎이 예쁘고 귀하다. 양이 충분하지 않으니 더 그러하다. 욕심이 빠져
나간 마음 자리에 기쁨이 차오른다.

사람이 동행했다. 그들에게도 찻잎을 따다가 녹차를 만드는 즐거움을 맛보여 주고 싶었다. 집으로 오는 길에 함께 먹었던 잔치국수와 메밀묵 한 접시, 시원한 물 한 컵도 우리의 소풍에 행복감을 더해 주었다. 돌아오는 차 안에서 우리는 저마다의 방법으로 행복과 감사를 표현했다. 이 만하면 오늘 하루 차고 넘치는 행복한 소풍이었다고. 지금, 덖음을 마친 녹차를 잔불에 펼쳐 놓고 나니 나른하게 피곤이 몰려온다.

햇차 우려 놓고 작년 가을에 만든 차 꽃 하나 띄울 겁니다.
사는 게 바빠서 오늘도 감사합니다.
내일도 바쁠 테니 감사할 겁니다.
꽃차를 만들고 차를 덖는 일은 나에게 소소한 행복입니다.

13

꽃차에 대한 오해 또는 진실

모든 꽃을 먹을 순 없지만, 훨씬 많은 종류의 꽃을 먹을 수 있다

며칠 전, 예전에 나에게 꽃차를 배운 한 분이 지인 두 명과 함께 꽃차랑에 왔다. 내 생각이 나서 지나는 길에 들렀다니 참 고마운 일이다. 우리는 비까지 촉촉하게 내리는 한낮에 꽃차를 우려 놓고 이런저런 이야기를 나누었다. 유리 다관에서 다시 피어난 꽃을 보니 예전에 내가 했던 말이 기억난다면서 그녀가 얘기를 시작했다. "선생님의 말 중에 기억나는 게 있어요. 꽃은 모두 먹을 수 있다. 왜냐하면 벌과 나비가 양분을 먹기 위해 꽃에 날아오니 다 먹어도 된다고 말씀하셨어요. 그 말이 참 기억에 남아요."

분위기는 화기애애했고 차도 맛있었다. 그런데 그녀의 말 가운데 왜곡된 단어가 하나가 내 귀를 간지럽혔다. 내가 꽃차를 하는 사람이라고 소개하면 많은 사람들이 공통적으로 하는 질문이 몇 가지 있다. 그중에

서도 가장 많은 것은 "꽃은 다 먹을 수 있어요?"라는 질문이다. 나의 대답에는 장황한 설명이 뒤따르지만 요지는 '우리가 알고 있는 것보다 더 많은 종류의 꽃을 먹을 수 있다'는 것이다. 여기서 나와 그녀의 말의 차이점이 발견된다. 즉 단어 사용이다.

그녀는 '모두'라는 단어를 사용한 반면 나는 '많은'이라고 표현했다. 내가 많다고 표현했는데도 그녀는 모두로 받아들인 것이다(그녀뿐 아니라 많은 이들이 종종 범하는 실수다). '꽃은 전부(모두) 먹을 수 있다'와 '많은 종류의 꽃을 먹을 수 있다'는 말은 엄청난 차이가 있다. 그녀의 말을 더 확대하자면 꽃차랑 선생이 꽃은 다 먹을 수 있다고 이야기했다고 와전될 수도 있고, 잘못하면 단어 하나로 인해 위험한 결과가 초래될 수도 있다. 그 자리에서 나는 자연스럽게 오류를 알려주었고, 그녀는 나의 말을 곧바로 수긍하고 받아들였다.

분명한 것은, 많은 종류의 꽃을 다양하게 먹을 수는 있어도 모든 꽃을 먹을 수 있는 것은 아니라는 사실이다. 사람들은 자기가 들은 말을 전할 때 들은 그대로를 전하지 않고 본인의 생각을 덧붙여서 전달한다(나도 예외는 아니다). 듣는 사람은 본인이 듣고 싶은 대로 덧붙여서 듣는다. 나도 예외는 아니다.

14

아직도 못다 한 꽃 이야기

수선화

"선생님, 갑자기 속이 메스껍고 머리가 아픈데 왜 그러죠?"

첫 꽃차 수업에서 수선화꽃차를 만들어 간 그녀가 며칠 뒤 휴일 아침에 몹시 괴로운 목소리로 나에게 전화를 했다. 남편과 함께 수선화꽃차를 우려 마셨다고 했다. 자세히 들어 보니 수선화꽃차는 2~3송이만 넣어도 충분한데 10송이쯤 넣어서 우린 모양이었다. 향이 짙기로 말하자면 난(蘭)보다 더하다는 수선화. 그렇기에 꽃차를 만들 때도 자주 환기해 가며 만들어야 한다. 그런 꽃차를 향이 좋다고 과하게 음용했으니 그럴 수밖에. 그 후로 그녀는 꽃차 수업에 오지 않았고, 다시는 그녀를 볼 수 없었다. 첫 꽃차 경험에 학을 뗀 모양이다.

이슬람국가 파키스탄의 국화는 수선화이다. 이슬람의 창시자 무함마드는 "두 조각의 빵이 있는 자는 한 조각을 수선화와 맞바꿔라. 빵은 너의 몸을 살찌게 하고, 수선화는 너의 영혼을 살찌게 할 것이다."라고 가르쳤다. 이슬람교에서 수선화는 아주 귀하고 중요한 꽃으로 대접을 받고 있다는데 자기애와 자만에 빠지는 것을 경계하라는 가르침은 아니었을까.

명자

모습이 참으로 아리따워 아녀자 봄바람날까 봐 울타리 밖에 심었다는, 그 이름도 정겨운 명자, 도련님 공부하는 데 방해될까 봐 처소 앞마당에는 심지 않았다는 명자나무. 내 친정집 수돗가에도 해마다 곱게 피고 지는 명자나무꽃이 서럽도록 붉었다.

어느 해였던가, 명자나무꽃을 앞에 놓고 꽃차 수업을 듣던 그녀가 갑자기 말문을 열었다. 꽃을 보고 있으려니 잊고 있었던 명자 언니가 갑자기 보고 싶다고 했다. 명자 언니는 친구의 언니였으며 가정 형편이 어려워 자기 집에서 식모를 했단다. 여태껏 한 번도 생각나지 않았는데 명자나무꽃을 보니 그 언니가 너무 보고 싶다고 했다. 자기를 참 잘 보듬어 주고 보살펴 준 언니라고 회상하였다. 소녀 같은 감수성을 지닌 그녀는 눈물을 글썽거렸다. 국수 공장을 운영하는 그녀 또한 과정을 마치고 기별하마 약속했으나 (……) 지금 나는 그녀가 보고 싶고, 그녀가 명자 언니를 만났는지도 궁금하다. 꽃은, 꽃차는 종종 그리움이 되기도 한다.

능소화

대구에서 수십 년 살면서 추억의 트로트 속 그 고모령이 대구에 있는 줄은, 그래도 알고 있었다. 그런데 고모령 고개를 넘어 본 것은 처음이었다. 근처 맛집은 가끔씩 드나들었는데 고모령이 그 옆에 떡하니 아직도 있을 줄은 생각하지도 못했다. 고모령은 가수 현인이 부른 「비 내리는 고모령」의 배경이기도 하다. 1969년에는 「비 내리는 고모령」이라는 제목의 영화가 임권택 감독에 의해 만들어지기도 했다.

대구광역시 수성구 팔현길 241번지, 인터불고호텔 정문을 지나쳐서 주차장 건물을 왼쪽으로 끼고 신호 없는 좌회전을 하면 노란색 담벼락이 길게 늘어져 있고 저 멀리 아스팔트로 포장된 고개 하나를 넘게 된다. 왼편으로 보이는 노란 담벼락의 글씨 '우리는 지금 비 내리는 고모령을 넘고 있습니다.' 이곳이 그 노래 속 고모령임을 알려준다. 약속 장소로 이동하던 중 우연히 들어서게 된 경로였다. 마침 장마가 시작되어 비가 추적추적 내렸고 나는 비 내리는 고모령을 넘고 있었다. 고모령을 천천히 넘어 오른쪽으로 핸들을 틀어 좁은 길을 조금 달리면 왕복 4차선 도로와 만난다. 지나고 보니 그 도로도 가끔 오가던 길인데 전혀 처음 보는 느낌이었다. 철길과 함께 나란히 달리자니 왼편 철조망 울타리에 6월 능소화가 흐드러지게 피어서는 제법 내리는 빗줄기를 다 받아 내고 있었다. 소화의 슬픈 전설을 간직한 그 꽃이 울타리 너머로 고개를 축축 늘어뜨린 채 한 많은 눈물을 쏟아 내고 있는 듯했다. 속절없이 툭! 떨어진 꽃송이도 슬프다. 능소화가 보고 싶거든 꽃이 지기 전에 고모령을 넘어 고모역을 향해 천천히 달려 볼 일이다. 또 다른 감성이 가슴을 채울지 모를 테니.

능소화가 보고 싶거든 꽃이 지기 전에 고모령을 넘어 고모역을 향해 천천히 달려 볼 일이다. 또 다른 감성이 가슴을 채울지 모를 테니.

수레국화

숲속에서는 7년 땅속 굼벵이가 애기 매미로 세상에 나와서 첫 울음을 터뜨렸고, 아파트 1층의 어느 집 거실 앞 화단에는 배롱나무에 백일홍이 만개했다. 문만 열면 여름 내내 꽃이 만발한 앞마당을 보는 호사를 누릴 테니 그 집은 참 좋겠다. 그러고 보니 어느새 여름이다.

오월에는 아카시꽃·찔레꽃·이팝나무꽃 등 하얀 꽃이 많이 피더니 여름에는 맥문동꽃·수레국화·도라지꽃 등 파란 꽃이 유독 많다. 아참, 라벤더도 있구나. 모두 내가 좋아하는 색을 가진 꽃들이다. 꽃차 만들겠다고 잔뜩 심어 놓고 이 핑계 저 핑계로 제때 따 주지 못해 희나리를 만들어 버려 꽃에게 미안하다. 수레국화보다 더 성질이 급한 당아욱은 게릴라처럼 꽃이 피더니 이내 쪼그라들어 땅에 떨어져 버리는 바람에 제대로 거두지도 못했다. 한동안 라벤더 향기에 흠뻑 취한 후 정신을 차리니 요즘은 텃밭에 수레국화가 만발했다. 가장자리의 꽃잎이 수레바퀴 모양을 닮아서 붙여진 이름이다. 독일의 국화라고 한다. 온통 키 작고 알록달록한 꽃들 속에서 유난히 늘씬함을 자랑하는 수레국화는 흔하지 않은 파란색 꽃이다. 물론 분홍색·하얀색·보라색 등 다양하게 있지만 올해 파종한 씨앗에서는 파란색 꽃만 피어 꽃밭 구경을 오는 사람들에게 단연 사랑을 독차지한다. 그런데 어찌나 성질이 급한지 제때 따지 않으면 사흘도 못 되어 파란 꽃잎이 고추희나리(경상도 사투리로는 병이 걸려 마른 얼룩이 많은 고추를 뜻하는 말)처럼 되어 버린다.

월요일 이른 아침, 앞산에서 들려오는 뻐꾸기의 분주한 울음소리가 세상을 깨운다. 나는 지금 고픈 잠을 참아 가며 꽃방에 앉아서 어제 따다 놓은 수레국화 꽃잎을 쏙쏙 뽑고 있다. 꽃은 갓난아기와 같다. 제때 보살펴 주지 않으면 색도 변할 뿐만 아니라 제대로 된 꽃차를 만들 수 없다. 때문에 밤을 하얗게 새기도 하고 때로는 새벽에 일어나서 매만져 주어야 한다. 또 꽃차를 만들 때 건조를 지나치게 하면 꽃잎이 뚝뚝 떨어져 나와서 꽃 모양이 형편없어진다. 적당한 타이밍을 잡아 찌고 건조하는 것이 수레국화차를 잘 만드는 요령이다. 꽃잎만 뽑아서 백화차 만들 때 섞어 주면 색감의 조화가 아주 좋고, 줄기째 길게 만들어 보관해 두었다가 스틱꽃차로 만들어도 좋다.

삼색제비꽃

텃밭을 가꾸고 꽃을 따면서 꽃 앞에 숙연해질 때가 한두 번이 아니다. 이른 봄, 비닐하우스에 여러 종류의 꽃씨를 포트에 파종하였고, 모종이 손가락만 한 크기로 자랐을 때 밭에 옮겨다 심었다. 매일 물을 주고 보살폈더니 며칠 새 고개를 꼿꼿이 쳐들고 뿌리를 땅에 안착시켰다. 그러고는 얼마 지나지 않아 어린 줄기에서 꽃망울이 맺혔고 매일매일 수많은 꽃을 피워 댔다. 꽃을 따노라면 때로는 허리도 아프고 힘이 들어서 복에 겨운 불평을 한 적도 있다. 너무 많이 피었네, 아이고 허리야…… . 사흘 만에 밭에 가면 수레국화며 삼색제비꽃, 금잔화와 마리골드가 온 밭 가득씩 꽃을 피워 댔다. 그런데 요즘, 삼색제비꽃이 일생을 마칠 준비를 하고 있다. 씨앗을 얻기 위해 몇 포기 남겨 둔 것을 제외하고는 부지런히 꽃을 따 냈는데 여름을 맞이한 삼색제비꽃은 높은 기온을 견디지 못하고 줄기째 축축 늘어지고 있다. 꽃을 풍성하게 피워 대던 지난 5, 6월, 옆 밭에서 꽃을 키우고 있는 김 선생 왈, 꽃은 갈 때가 되기 전 온 힘을 다해 꽃을 피웁니다. 씨를 맺어야 하거든요. 꽃을 따 주면 새로운 꽃을 계속해서 피우는데 꽃을 따지 않고 그냥 두면 금세 그만 피울 겁니다. 씨를 맺었으니 제 일을 다했거든요.

맥문동

라벤더는 이미 져 버렸고, 삼색제비꽃·수레국화도 곧 지고 나면 도라지꽃과 맥문동꽃이 핀다. 맥문동, 뿌리가 보리와 비슷하고 잎이 겨울에도 시들지 않는다고 하여 '맥문동(麥門冬)'이라는 이름이 붙여진 걸로 알려져 있다. 군사정권 시절, 겨울에도 시들지 않고 푸름을 유지하고 있는 맥문동을 겨울철 소먹이로 사용해 보라는 지시에 공무원들이 소에게 먹여 보았지만 거친 잎을 소가 먹으려 들지 않는 바람에 실패로 끝났다고 한다. 또 맥문동을 보고 난초의 일종인 춘란이라고 우긴 사람이 있었는데 끝까지 우기다 결국엔 전문가의 설명을 듣고서야 맥문동이 난초가 아니라는 사실을 알게 되었다고. 이때부터 제대로 알지도 못하면서 우기는 사람을 '맥문동 같은 사람아!', '이 맥문동아!' 하는 식으로 불렀다고 한다. 잘 알지도 못하면서도 남의 의견을 무시하고 자기의 의견만을 고집하는 맥문동 같은 사람이라면 혹시?

꽃 생긴 모양이 아주 작아서 한두 포기만 심었을 때는 잘 보이지도 않지만 군락을 이루어 피면 아주 멋진 장관을 연출하는 맥문동꽃. 매년 여름이면 이름난 맥문동 군락지에는 전국에서 사진 촬영을 하기 위해 많은 사람들이 모이기도 한다. 한여름 솔숲 아래 몽환의 보랏빛 장관을 알고 난 후 성주에 있는 성밖 숲 맥문동 꽃밭에서 원 없는 한나절을 보내기도 했다. 아파트 화단이며 도심의 공원, 도로변 이곳저곳에 그토록 많이 피고 지는 줄 예전엔 왜 몰랐을까.

맥문동꽃이 특별히 애착이 가는 이유는 꽃차1급자격증 취득을 위해

발표 주제로 삼았던 때문이다. 물을 부으면 꿈속인 듯 보랏빛 꽃 색깔에 노란 꽃술이 밤하늘 은하수처럼 잔잔하게 토독토독 터지는 꽃차. 자격증 취득 후 맥문동이 지천이지만 차로 만들 꽃은 귀하여 인터넷을 샅샅이 뒤져서 100뿌리를 샀더랬다. 시골 친정 화단을 정리하여 맥문동 꽃밭을 만들었다. 해마다 여름이면 제법 많은 꽃을 피워 댄다. 이제 꽃차 만들 양은 충분하다.

도라지꽃

대처로 떠난 오빠를 기다리는 소녀 '도라지'의 마음을 노래로 지었을까. 말 타고 서울 가신 오빠는 비단 구두 사 가지고 오신다더니, 소녀 도라지가 기다림에 지쳐 목숨을 다했는데도 돌아오지 않았다. 올해는 우리 엄마 산소 앞에 도라지를 많이 심었다. 꽃 핑계 대고라도 올여름은 엄마를 자주 보러 갈 수 있겠다. 매년 도라지꽃이 귀한 탓에 남의 집 도라지밭을 전전하였다. 처음 도라지꽃차를 만들었을 때, 겨우 구해 온 도라지꽃이 눈앞에서 시시각각으로 하얗게 변하는 바람에 여간 당황한 것이 아니었다. 지금은 웬만큼 경험이 쌓이다 보니 청보라색 도라지꽃차를 썩 잘 만들어 낸다. 파란 잉크색 찻물도 기막히다. 일본인 체험단도 그 색에 감탄을 자아내는 꽃차이다. 올해는 원 없이 내 꽃밭에서 꽃을 볼 수 있을 것 같아 벌써부터 설렌다. 그나저나 엄마는 올여름엔 도라지꽃 때문에 새벽잠 설치게(도라지꽃은 새벽에 부풀어 올라 뽕뽕 소리를 내며 터진다.) 생겼다. 그리하여 보랏빛 여름이 지고 나면 가을 들국화 쑥부쟁이가 길섶에서 기다리고 있으니, 여름이 머물러도 좋고 가도 좋겠다.

Bonus

꽃차 만들기

빨강 계열의 꽃차 - 6종

꽃차의 컬러별 컬렉션 공통 표기 사항
- 식약처 등록 유무 기준 : 「식품의 기준 및 규격」(제2021-79호, 2021.09.30.)
- 음용법 공통 사항 : 100℃ 물 200ml 기준

동백 *Camellia japonica* L.

나무에서 한 번, 땅에서 한 번, 가슴에서 또 한 번 피는 동백꽃. 찻잔에도 피었네.

꽃차 특징 및 제다 포인트 개화 직전의 꽃을 잘 펼쳐서 증제하여 말린다. 꽃가루를 깨끗하게 다듬어야 지저분해지지 않는다.

꽃의 식약처 식용 등록 여부 및 사용 부위 등록 / 꽃잎.

음용법 1~2송이 / 1~2분 내외 우림.

맨드라미 *Celosia cristata* L.

가을이 되어 밤 기온이 떨어지면 더욱 맑고 화려한 꽃차가 될 거야. 그때까지 기다려 줘.

꽃차 특징 및 제다 포인트 손질을(씨앗, 이물질) 꼼꼼히 해야 한다. 잘게 찢어서 덖어 준다. 공예 꽃차 만들기 적당하다.

꽃의 식약처 식용 등록 여부 및 사용 부위 등록 / 꽃.

음용법 1g / 1~2분 내외.

명자나무(산당화) *Chaenomeles speciosa*

봄처녀 바람날까 봐 울타리 밖에 심었다지. 명자꽃.

꽃차 특징 및 제다 포인트 시큼한 꽃차 향이 난다. 과하게 건조하거나 제다 시기를 놓치면 꽃잎이 낱낱이 분리된다.

꽃의 식약처 식용 등록 여부 및 사용 부위 미등록.

음용법 4~5송이 / 1~2분 내외.

아마란스 *Amaranthus hypochondriacus*

신이 내린 건강한 곡물에 붉은색 찻물까지 뿜어내니 수혈 받는 느낌이라고 누군가 말했다.

꽃차 특징 및 제다 포인트 적당한 크기로 다듬어서 덖음한다. 제다 도중 수분을 충분히 제거하지 않으면 금방 탈색된다.

꽃의 식약처 식용 등록 여부 및 사용 부위 미등록(잎, 씨앗은 등록되어 있음.)

음용법 1g / 1~2분 내외.

장미 *Rosa spp.*

장미, 꽃차의 품격을 말하다

꽃차 특징 및 제다 포인트 통꽃을 차로 만들기 곤란하면 분리 후 꽃잎차를 만든다. 과감하게 꽃잎을 유념(비비기)하여 덖어도 좋다.

꽃의 식약처 식용 등록 여부 및 사용 부위 등록 / 순, 꽃잎, 열매.

음용법 1송이 / 1~2분 내외.

해당화 *Rosa rugosa Thunb.*

섬 처녀의 붉은 빛 연정.

꽃차 특징 및 제다 포인트 꽃차 향이 다른 차에 비해 짙다. 봉오리째 제다하면 속이 갈변한다. 약간 시들린 후 조심스게 펼쳐서 말려 증제한다.

꽃의 식약처 식용 등록 여부 및 사용 부위 등록 / 열매, 잎, 꽃잎, 꽃봉오리.

음용법 1~2송이 / 1~2분 내외.

하양 계열의 꽃차 - 7종

구절초 *Chrysanthemum zawadskii Herbich var. latilobum*

친정 온 딸에게 엄마가 우려 주는 모정 어린 꽃차

꽃차 특징 및 제다 포인트 꽃술의 밀도가 촘촘하여 수분을 꼼꼼히 제거한다. 미각의 섬세함 정도에 따라 쓴맛을 많이 느끼는 사람도 있다. 지나치게 덖거나 건조하면 꽃잎이 분리된다.

꽃의 식약처 식용 등록 여부 및 사용 부위 등록 / 전초.

음용법 1~3송이 / 1분 내외.

매실나무 *Prunus mume* Siebold & Zucc

매화, 희망을 이야기하다.

꽃차 특징 및 제다 포인트 수정되지 않은 꽃을 채취해야 한다. 증제나 덖음이 지나치면 매화의 향을 잃는다.

꽃의 식약처 식용 등록 여부 및 사용 부위 등록 / 꽃. 열매.

음용법 10송이 내외 / 1분 내외.

벚나무 *Prunus serrulata var. spontanea* (Maxim.) E.H.Wilson

봄밤을 하얗게 밝히는 꽃 등불

꽃차 특징 및 제다 포인트 만개한 꽃은 꽃잎이 분리되기 쉽다. 꽃자루 부분에 점액질이 있어서 이물질이 붙기 쉽다. 열에 약하며 쉽게 갈변한다. 시들림 후 짧게 증제한다.

꽃의 식약처 식용 등록 여부 및 사용 부위 등록 / 꽃.

음용법 10송이 내외 / 1분 내외.

차나무 *Camellia sinensis* L.

나에게 부디 겸손하라고 말해 주는 꽃.

꽃차 특징 및 제다 포인트 꽃술과 꽃가루가 많아서 세심하게 다루어야 한다. 열에 약하다. 쉽게 갈변한다. 먼저 건조한 후 증제 처리한다.

꽃의 식약처 식용 등록 여부 및 사용 부위 등록 / 잎, 꽃 음용법 2~3송이를 찻잎과 함께 / 1~2분 내외.

함박꽃나무(산목련) *Magnolia sieboldii* K.Koch

수줍은 듯 고고한 듯, 향기는 또 어떻고.

꽃차 특징 및 제다 포인트 5월 산속 개울가에 피는 데 넓은 잎에 가려져 모습을 잘 드러내지 않는다. 꽃봉오리 속에 벌레가 많다. 봉오리를 채취하여 꽃잎을 하나하나 펼쳐서 열건 후 덖음한다.

꽃의 식약처 식용 등록 여부 및 사용 부위 미등록.

음용법 1송이/ 1분 내외.

아카시나무 *Robinia pseudoacacia* L.

하얀 꽃향기에 온 세상이 달콤해지는 5월.

꽃차 특징 및 제다 포인트 넉넉하게 만들어 두면 쓰임새가 다양한 꽃차다. 예쁘게 만들기가 생각보다 까다롭다. 색이 누렇게 변색하기 쉽다. 건조하여 증제 처리한다.

꽃의 식약처 식용 등록 여부 및 사용 부위 등록 / 꽃.

음용법 1g / 1~2분 내외.

카모마일 *Chamomilla recutita*

코로나야 물렀거라, 상큼한 카모마일 나가신다.

꽃차 특징 및 제다 포인트 자칫 꽃잎이 누렇게 변하고 꽃술이 으스러지기 쉽다. 꽃을 채취하여 하루 정도 시들게 한 후 증제하면 모양도 향도 살릴 수 있다.

꽃의 식약처 식용 등록 여부 및 사용 부위 등록 / 잎, 꽃.

음용법 1g / 1~2분 내외.

파랑·보라 계열의 꽃차 - 10종

벚나무(겹꽃) *Prunus serrulata var. spontanea* (Maxim.) E.H.Wilson

숙취로 힘든 남편에게 떡 하나 대신 벚꽃차 한 잔.

꽃차 특징 및 제다 포인트 늦봄에 피는 꽃이라서 벌레가 많다. 꽃잎 색이 쉽게 탈색될 수 있다. 금방 개화한 꽃이 좋다. 송이째 제다하는 것이 예쁘며, 건조한 후 짧게 증제한다.

꽃의 식약처 식용 등록 여부 및 사용 부위 등록 / 꽃.

음용법 2~3송이 / 1분 내외.

당아욱 *Malva sylvestris* L.

여름 내내 아침저녁 꽃을 피워 대는 부지런쟁이.

꽃차 특징 및 제다 포인트 채취 시기가 늦으면 꽃이 돌돌 말린다. 아이스티를 만들면 색이 예쁘다. 한 송이씩 펼쳐서 중저온에 굽는 재미가 쏠쏠하다.

꽃의 식약처 식용 등록 여부 및 사용 부위 등록 / 꽃.

음용법 10송이 내외 / 1분 내외.

도라지 *Platycodon grandiflorum* (Jacq.) A. DC.

파란 잉크색 찻물로 서울 간 오빠에게 편지나 쓸까.

꽃차 특징 및 제다 포인트 제때 건조하지 않으면 꽃잎이 하얗게 변한다. 꽃받침이 두꺼워서 세심하게 건조해야 한다. 50% 건조하고 증제한 후 수분을 완전히 제거한다.

꽃의 식약처 식용 등록 여부 및 사용 부위 미등록(잎, 뿌리는 등록되어 있음.)

음용법 5~7송이 내외 / 1~2분 내외.

라벤더 *Lavandula* L.

초여름 보랏빛 향기.

꽃차 특징 및 제다 포인트 줄기째 채취하여 스틱꽃차를 만들면 좋다. 아이스티로도 그만이다. 다듬은 꽃을 먼저 증제하고 말리면 색이 유지된다.

꽃의 식약처 식용 등록 여부 및 사용 부위 등록 / 꽃.

음용법 스틱3~5개 / 1~2분 내외.

맥문동 *Liriope platyphylla* F.T.Wang & T.Tang

잔잔한 네 모양이 밤하늘의 은하수를 닮았구나.

꽃차 특징 및 제다 포인트 꽃의 줄기를 적당한 크기 째로 잘라서 꽃차를 만든다. 보관 시 수분에 의해 쉽게 탈색이 되는 꽃차이다. 약간 시들림 후 증제하여 살짝 덖어 준다.

꽃의 식약처 식용 등록 여부 및 사용 부위 미등록(뿌리는 등록되어 있음.)

음용법 1g 내외 / 1~2분 내외.

무궁화 *Hibiscus syriacus* L.

우리 꽃 무궁화, 나무에서 피고 찻잔에서도 피어라.

꽃차 특징 및 제다 포인트 저녁 무렵 꽃봉오리를 채취해 두면 다음 날 아침에 꽃이 핀다. 딱딱한 꽃받침 부분과 꽃술 부분은 적당히 정리한다. 전기팬에 엎어서 눌러 가며 한 송이씩 구워 준다.

꽃의 식약처 식용 등록 여부 및 사용 부위 등록 / 꽃잎, 잎, 줄기

음용법 1송이 / 1~2분 내외.

수레국화 *Centaurea cyanus* L.

꽃의 매력은 네가 갑이다.

꽃차 특징 및 제다 포인트 겹꽃잎이 더 예쁘다. 블렌
딩 등 쓰임새가 매우 좋은 꽃차이다. 과하게 수
분이 빠져나갈 경우 꽃잎이 분리된다. 지나치게
증제하면 탈색되기 쉽다. 꽃잎을 분리하여 약한
불에 덖음하면 쉽게 꽃차를 만들 수 있다.

꽃의 식약처 식용 등록 여부 및 사용 부위 등록 / 꽃잎.

음용법 3~5송이 / 1~2분 내외.

진달래 *Rhododendron mucronulatum* Turcz

그대는 두견주, 나는 두견차. 건배!

꽃차 특징 및 제다 포인트 막 개화한 꽃이 좋다. 하
루 정도 실온에 널어놓은 후 증제하여 건조한
다.

꽃의 식약처 식용 등록 여부 및 사용 부위 등록 / 꽃.

음용법 5~10송이 / 1~2분 내외.

으름덩굴 *Akebia quinata* (THUNB.) Delaisne

코끝을 찌르는 숲속의 달콤한 향기.

꽃차 특징 및 제다 포인트 꽃을 채취할 때 아주 향
기로워서 기분이 좋다. 높은 온도로 제다하면
갈색으로 변한다. 서서히 건조한 후 증제한다.

꽃의 식약처 식용 등록 여부 및 사용 부위 미등록(열
매, 잎은 등록되어 있음.)

음용법 1g / 1~2분 내외.

칡 *Pueraria montana var. lobata* (Willd.) Sanjappa & Pradeep

혹은 갈변하거나. 변덕쟁이.

꽃차 특징 및 제다 포인트 쉽게 갈변하는 꽃이다.
건조 후 증제해 준다.

꽃의 식약처 식용 등록 여부 및 사용 부위 제한적으로
가능 / 꽃봉오리.

음용법 1g / 1분 내외.

노랑 계열의 꽃차 - 6종

감국 *Chrysanthemum indicum* L.

산국도 소국도 아닌 달달한 국화.

꽃차 특징 및 제다 포인트 지나치게 건조하면 꽃잎이 쉽게 분리된다. 반쯤 건조하여 증제한다.

꽃의 식약처 식용 등록 여부 및 사용 부위 등록 / 꽃, 전초.

음용법 10송이 내외 / 1분 내외.

동국(국화) *Chrysanthemum morifolium* Ramat

머리를 맑게 해 주는 국화차 한 잔 하실래요?

꽃차 특징 및 제다 포인트 벌레가 많기 때문에 첫물 꽃 재료가 좋다. 3분 정도 충분히 증제해야 변색을 막을 수 있다.

꽃의 식약처 식용 등록 여부 및 사용 부위 등록 / 꽃.

음용법 4~5송이 / 1~2분 내외.

산국 *Chrysanthemum boreale* Makino

쌉싸름한 그 맛이 늦가을날 조석의 싸늘한 기온 같다.

꽃차 특징 및 제다 포인트 쓴맛이 유난히 많이 난다. 꽃이 작아서 스틱꽃차로 만들면 더 좋다. 3분 정도 충분히 증제한다.

꽃의 식약처 식용 등록 여부 및 사용 부위 등록 / 꽃.

음용법 10송이(스틱 1개) 내외 / 1분 내외.

노랑 계열의 꽃차

생강나무 *Lindera obtusiloba* Blume

마알간 겨울산에 향기로운 봄의 전령.

꽃차 특징 및 제다 포인트 상큼한 향이 아주 짙은 꽃이다. 비교적 제다하기 쉬우며, 스틱 꽃차로 만들어도 좋다. 덖음보다는 증제가 본연의 향을 더 살릴 수 있다.

꽃의 식약처 식용 등록 여부 및 사용 부위 제한적으로 가능 / 꽃.

음용법 2~3송이(스틱1개) 내외 / 1분 내외.

백목련 *Magnolia denudata* Desr

귀한 손님 오시는 날은 하얀 목련꽃차 한잔 우립니다.

꽃차 특징 및 제다 포인트 갈변이 아주 쉬운 꽃이다. 온도의 변화를 심하게 주면 색이 변한다. 봉오리를 채취하여 시들림하면서 천천히 꽃차를 만들어야 한다.

꽃의 식약처 식용 등록 여부 및 사용 부위 등록 / 꽃잎.

음용법 1송이 / 1분 내외.

골담초 *Caragana sinica* (Buĉhoz) Rehder

시골집 우물가 노란 꿀단지 꽃.

꽃차 특징 및 제다 포인트 초록색 꽃 받침과 노란 꽃잎 색을 잘 살려야 한다. 블렌딩 꽃차에서 색감 살리기에 좋다. 50% 건조 후 증제한다.

꽃의 식약처 식용 등록 여부 및 사용 부위 등록 / 꽃.

음용법 10~20송이 내외 / 1~2분 내외.

분홍 계열의 꽃차 - 5종

복숭아나무 *Prunus persica* (L.) Batsch

어쩌면 좋으냐, 도화살 너의 빛깔을!

꽃차 특징 및 제다 포인트 만개한 꽃은 적당하지 않다. 50% 이상 열건한 후 덖거나 증제한다. 벌레 알이 많으므로 반드시 열처리를 해 주어야 한다. 많은 양을 음용하면 설사할 수 있다.

꽃의 식약처 식용 등록 여부 및 사용 부위 제한적으로 가능 / 꽃.

음용법 10송이 이내 / 1분 내외

찔레나무 *Rosa multiflora* Thunb.

엄마 혹은 언니의 향기가 난다.

꽃차 특징 및 제다 포인트 꽃받침에 진딧물이 많으므로 세심하게 다듬는다. 만개하면 꽃잎이 쉽게 떨어진다. 수분과 열에 약하다. 70% 정도 건조하여 남은 수분으로 덖음한다.

꽃의 식약처 식용 등록 여부 및 사용 부위 등록 / 꽃잎, 순, 잎, 열매.

음용법 10송이 이내 / 1분 내외.

천일홍 *Gomphrena globosa* L.

천 일 동안 붉어라.

꽃차 특징 및 제다 포인트 수분이 적은 꽃이다. 증제한 후 덖음하면 찻물이 잘 우러난다.

꽃의 식약처 식용 등록 여부 및 사용 부위 미등록.

음용법 10송이 내외 / 1~2분 내외.

코스모스 *Cosmos bipinnatus* Cav.

추영, 길게 드리운 가을 그림자.

꽃차 특징 및 제다 포인트 꽃잎이 얇아서 쉽게 시든다. 꽃을 채반에 엎어 가며 채취한다. 한 송이씩 전열팬에서 가을을 구워 본다.

꽃의 식약처 식용 등록 여부 및 사용 부위 미등록.

음용법 1~2송이 / 1~2분 내외.

작약 *Paeonia lactiflora* Pallas

모란이 지고 나면 함박웃음 지으며 피어나거라.

꽃차 특징 및 제다 포인트 호불호가 있는 꽃차이다. 화분이 많으므로 잘 손질하지 않으면 지저분하다. 구워도 좋고 건조 후 증제해도 된다.

꽃의 식약처 식용 등록 여부 및 사용 부위 미등록 / 뿌리만 등록되어 있음.

음용법 1송이 / 1분 내외.

주황 계열의 꽃차 - 4종

금계국 *Coreopsis basalis* L.

초여름은 세상이 온통 오렌지빛 물결.

꽃차 특징 및 제다 포인트 꽃잎이 쉽게 분리되는 꽃이다. 50% 건조 후 수분이 있을 때 증제해 준다.

꽃의 식약처 식용 등록 여부 및 사용 부위 미등록.

음용법 1~2송이 / 1분 내외.

금잔화 *Calendula arvensis* L.

찻잔 속에서 반짝이는 황금빛 눈동자.

꽃차 특징 및 제다 포인트 한 송이씩 팬에서 구워 가며 꽃차를 만들어도 좋다. 50% 건조 후 증제해 준다.

꽃의 식약처 식용 등록 여부 및 사용 부위 등록 / 꽃.

음용법 1~2송이 / 1분 내외.

마리골드 *Tagetes erecta* L. / *Tagetes patula* L.

Remember me! 마마 코코.

꽃차 특징 및 제다 포인트 많은 사람들이 기능성 꽃차로 선호한다. 시들림 후 2분 정도 증제한 후 건조한다.

꽃의 식약처 식용 등록 여부 및 사용 부위 등록 / 꽃.

음용법 1~2송이 / 1분 내외.

노랑코스모스 *Cosmos sulphureus* Cav.

환타 색을 닮은 꽃차.

꽃차 특징 및 제다 포인트 처음부터 고온에 덖음하면 색이 거무튀튀해진다. 중간 정도 건조 후 덖음하며, 한지나 면보를 이용한다.

꽃의 식약처 식용 등록 여부 및 사용 부위 미등록.

음용법 1~2송이 / 1분 내외.

기타 - 5종

박하 *Mentha canadensis* L.

너의 향기로 온 세상을 시원하게 만들어라.

꽃차 특징 및 제다 포인트 박하 잎도 차 재료로 좋지만 꽃을 함께 만들면 더 좋다. 블랜딩 재료로 좋다. 시들림 후 증제하여 건조한다.

꽃의 식약처 식용 등록 여부 및 사용 부위 등록 / 지상부.

음용법 1g / 1분 내외.

백화차 Blending flower_tea

무던히도 한결같은 당신께 끝사랑의 백화차 한 잔 우리겠습니다.

꽃차 특징 및 제다 포인트 각각의 꽃차 별 특징을 살려서 배합 비율을 정한다. 크기가 비슷하도록 잘 손질한다. 색, 향, 미 조화의 묘를 살려야 한다.

꽃의 식약처 식용 등록 여부 및 사용 부위 미등록.

음용법 1g / 1분 내외.

삼색제비꽃 *Viola tricolor* L.

꽃차계의 카멜레온, 마술을 부리는 꽃차.

꽃차 특징 및 제다 포인트 쓰임새가 매우 다양한 효자 꽃차이다. 덖음 해도 좋고 증제해도 좋다. 오래 보관하면 찻물 색이 예쁘지 않다.

꽃의 식약처 식용 등록 여부 및 사용 부위 등록 / 꽃.

음용법 10송이 내외 / 1분 내외.

연꽃 *Nelumbo nucifera* Gaertner

진흙에 물들지 않는.

꽃차 특징 및 제다 포인트 연꽃의 부위별로 특성에 맞게 제다하여 모은 다음 서로 어우러지게 약한 덖음을 해 준다.

꽃의 식약처 식용 등록 여부 및 사용 부위 등록 / 꽃, 잎, 뿌리, 씨앗.

음용법 1g / 1~2분 내외.

홍화 *Carthamus tinctorius* L.

성난 사자의 갈퀴 같지만 속은 뽀얀 아기 엉덩이 같구나.

꽃차 특징 및 제다 포인트 가시 부분을 잘 다듬는다. 숨구멍을 내 준다. 증제하여 건조한다. 스틱차도 좋다.

꽃의 식약처 식용 등록 여부 및 사용 부위 미등록(잎과 씨앗은 등록됨.)

음용법 1개 / 1~2분 내외.

청량감을 더하는 꽃차 아이스티 5종

금계국 에이드

맨드라미 칵테일

꽃초 아이스티

장미 모히또

도라지꽃 아이스티

꽃차, 따뜻하게
때로는 시원하게!
화려한 꽃의 색감을 살려서
새콤, 달콤, 시원하게
베리에이션(variation)하는
꽃차의 또다른 세계!

Part 2

나에게

사적 단상

1

꽃에 대한 예의, 벌레들의 합창

"엄마는 다음 생에는 절대로 사람으로 안 태어날끼다. 꽃으로 필 거다. 그래서 꽃차 하는 사람한테 꺾일 거다."

겨울 방학 중인 두 아들과 식탁에 둘러앉아 점심을 먹는데 딱히 할 이야기가 없었다. 무슨 말이라도 해야겠기에 혼자 머리에 떠올리고 있던 생각을 나도 모르게 툭 내뱉었다. 녀석들은 앞뒤 연결도 없이 침묵을 깨는 내 말이 뜬금없었을 것이다. 게다가 공통 관심사도 아니었다. 막내가 대꾸를 쳐 주었다.

"꺾여도 뿌리는 살아 있을 텐데요."

그러면 또 피고 또 꺾여야지. 정말이다. 그래야지 공평하지 않겠나. 나도 매년 따고 또 따는데. 나는 다음 생이 있다면 예쁜 꽃으로 피어나고 싶다. 무슨 꽃으로 필까. 맥문동꽃 색깔을 좋아하긴 하는데…… 내가 가장 많이 욕심내는 하얀 목련으로 피어나서 꺾일까, 아니면 진달래? 팬지, 복사꽃, 벚꽃, 동백? 여하튼 사람들 눈에 잘 띄는 곳에 주인 없는 꽃으로 피어서 기꺼이 꺾여 줄 거다. 그래도 그 사람 미워하지 않을 거다.

꽃은 종자식물의 번식기관이다. 꽃이 죽어야 비로소 열매가 생긴다. 화려한 색과 향으로 벌과 나비를 유인하여 수정한 꽃잎은 미련 없이 뚝 떨어진다. 그리고 열매를 맺는다. 그러한 거사를 치르기도 전에 모가지를 댕강댕강 자르는 나는 정녕 꽃들에게 백정인 셈인가. 생명의 등가원리가 있다고 어느 식물학자가 말했다. 모든 생명은 공평하기 때문에 산길에 널브러진 무명초 하나도 소중하니 해칠 권한이 없다고. 그렇다면 하루에도 수십만 송이 꽃의 목숨을 거두는 나는 식물들에게 어떤 심판을 받아야 하는 걸까. 오죽하면 최종일 시인은 나만 곱다고 와서는 꽃만 꺾고 떠나는 야속한 님에게 뿌리는 서러워 눈물 난다고 하였을까. 어차피 내가 거두었다면 찌그러진 한 송이라도 허투루 하지 말고 소중히 다루어라. 그것이 꽃에 대한 최소한의 체면치레가 아닐까.

꽃차를 만들다 보면 오만 가지 생각을 하게 된다. 그중에서도 꽃에 대한 최소한의 예의에 대해 골몰할 때가 많다. 어디까지가 괜찮은지 그 경계에서 여러 번 우왕좌왕한다. 꽃에게 미안하면 이 일을 하지 않으면 되겠지만 그게 어디 쉬운 일인가. 때문인지 가끔 내 자신을 '꽃백정'이라고 표현한다. 꽃도, 벌레도 내 손에서 많이도 스러진다. 꽃이 좋아 꽃을 꺾는 아이러니, 징그러운 벌레를 내 손으로 잡아야만 하는 아이러니. 점점 감각은 무뎌지고 미안한 감정이 아무렇지도 않은 일상이 될까 염려스럽다. 꽃차를 하니 꽃을 아니 딸 수 없고 꽃을 따자니 벌레를 아니 잡을 수 없다. 그렇다고 이제와 꽃차를 아니 할 수도 없는 노릇이다.

봄꽃에는 유난히 벌레가 많다. 이른 봄보다는 늦봄에 피는 꽃에 벌레가 더 많다. 복숭아꽃, 벚꽃, 배꽃 같은 과일 꽃에는 벌레가 천지개락(경상도 사투리)이다. 생긴 모양도 다르고 색깔도 다르다. 복숭아꽃 벌레는 분홍색, 배꽃 벌레는 하얀색, 희한하게 벌레의 색이 꽃 색깔과 닮았다.(옛날에 깨꽃 벌레를 본 적이 있는데 크고 엄청 징그러운 그 벌레는 초록색이었다.) 꽃을 다듬는 동안 내게 발견되는 벌레들은 각기 다른 운명을 맞이한다. 가지와 이파리와 함께 휩싸여 자연으로 돌아가기도 하지만 녀석들 대부분은…….

그날도 나는 꽃을 다듬으며 수많은 벌레를 잡았다. 포항 바닷가에 사는 형부가 꽃차 하는 처제를 위해 왕겹벚꽃을 조금 공수해 주었다. 꽃속에 녀석들이 어찌나 많은지 바로바로 어떻게 할 수가 없어 비닐 팩에 넣었더니 자꾸자꾸 기어나왔다. 여러 마리가 동시에 움직이니 여간 곤란한 상황이 아니었다. 나중에는 봉지 입구를 묶었는데 수많은 벌레들이 살려 달라고 아우성치는 것 같았다. 얼른 화단으로 가서는 탈출시켜주었다. 감히 내가 그들의 생사를 좌지우지하고 있었다.

다음 날 해거름 무렵 교육원에서 수업을 마치고 집으로 오는 길, 택배를 찾기 위해 경비실 앞에 차를 세웠다. 그때 벌레 한 마리가 내 옷 위에서 어깨 쪽으로 조용히 고물고물 기어가는 게 아닌가. 수업할 때 내게붙어 온 모양이었다. 대부분의 여성이라면 엄마야! 하고 기겁하며 소리를 질렀을 상황이었으나 수도 없이 경험한 내게는 그리 놀랄 일도 아니었다. 태연하게 그 꼬물대는 연두색 벌레를 손가락으로 잡고는 말을 건넸다. "야, 니는 살 운명이다." 그러고는 바로 철쭉꽃이 활짝 피어 있는 화단에 놓아주었다. 화단 옆 키 큰 나무에서는 까치가 깍깍 울어 대고 있었다.

대구가톨릭대학교 평생교육원에 수업을 가던 날도 그랬다. 꽃을 대나무 채반에 덜어서 조수석에 싣고 가는데 벌레 서너 마리가 꽃 위로 기어 올라와 이리저리 자유로운 행보를 하고 있었다. 나는 아주 친절히 그들을 타일렀다. 얌전히 가만히 있어라, 안 그러면 혼내 준다. 꽃차를 하다 보니 벌레에게도 말을 한다. 참나!

갓 핀 꽃. 여리디 여린 꽃은 갓난아기 같다. 시간을 놓쳐서도 안 되고 조심조심 살살 다루어야 한다. 그러다보니 전에 없던 새로운 병도 생겼다. 오른쪽 어깨와 팔은 아직도 뻐근하게 아프고, 자고 일어나면 손도 부어 있고, 꽃가루가 많은 꽃을 만질 때는 여지없이 재채기와 콧물이 나와서 꼭 마스크를 써야 한다. 향기로운 꽃차를 만들면서 코를 막은 꼴이라니. 눈도 침침하고 허리도 아프다. 그러잖아도 나는 지금 갱년기라는 터널 속에 있는데 말이다. 내가 좋아서 하는 일인데 누구한테 하소연할 것인가. 신기하게도 산에만 가면 아픈 곳이 하나도 없고 펄펄 날아다니니 무슨 조화인지.

꽃을 굽고 있자니 이런저런 생각이 꼬리에 꼬리를 문다. 오로지 꽃 굽는 데 열중하느라 무념무상일 때도 있지만 많은 생각을 하게 되는 시간이다. 꽃에 대한 예의. 어디에서 어디까지 차려야 할까. 이왕 내 손에 온 꽃이라면 한 송이라도 함부로 취급하지 말고 정성을 들여라. 꽃들에게 벌레들에게. 미안하고 고맙다.

2

잃어버린 그해 봄 1

살구재 매화

2021년 2월 중순. 코로나 팬데믹으로 전 세계가 혼란 속에 빠져든 지 만 일 년이 되었다. '언택트'와 '위드 코로나'라는 신조어가 우리네 일상 깊숙이 자리 잡았다. 마스크를 끼지 않고 생활하는 것이 되레 이상할 정도가 되었고 사람들의 얼굴은 코와 입이 없는 획일적인 모습으로 변해 가고 있다.

입춘이 지나고 내일모레가 설인데도 가족과 친지들이 만나지 못한다. 5명 이상은 부모 형제도 모이지 말라고 한다. 이런 일은 태어나고 처음이다. 이러다가 작년에 이어 또 잃어버린 봄을 맞이하는 것이 아닌지 불안하다.

작년(2020년) 2월의 대구 상황은 심각하기 짝이 없었다. 만물이 소생하는 길목에서 꽃 소식 대신 코로나19가 급속히 확산되기 시작했고, 어느 수퍼 전파자로 인하여 영화에서나 봄직한 황량한 도시가 되었으며, 사람 구경하기조차 힘든 고립무원의 거리로 변했다. 대구 사람 모두를 마치 바이러스 덩어리 취급하는 개념 없는 악성 댓글이 인터넷에 난무했다. 그 후로도 한동안은 대구에 살고 있다는 이유만으로 죄인이 된 것마냥 몸과 마음을 움츠리고 칩거해야 했다. 분명 꽃은 피고 졌건만 특히 대구 사람들은 예년과 다른 봄을 맞이하였다. 영원히 잃어버린 봄, 영원히 빼앗긴 봄이 있을까. 나의 봄이 그랬다.

3월이 되면 생강나무꽃을 시작으로 매화, 목련, 개나리, 진달래가 한꺼번에 쏟아진다. 작은 아이가 집으로 다시 돌아온 그 무렵 아파트 베란다에서 보이는 산책로에는 산수유꽃이 노랗게 만개하였고, 하얀 매화도 이미 지천이었다. 시골 엄마 산소 옆 매화도 한창일까 조바심이 나기 시작했다. 마을 입구 개울가에 청매도 벌써 꽃잎 날릴까 안달이 났다. 내마음을 아는지 모르는지, 대구를 강타한 역병은 점점 더 기승을 부렸고 TV에서는 사람들과 접촉을 삼가고 외출은 더더욱 하지 말라며 연일 눈과 귀가 따갑도록 방송을 해 대는 바람에 두문불출할 수밖에 없었다. 이러다가 꽃 다 질라. 삼백예순 날 지나면 봄은 다시 올 테고 매화, 목련, 진달래 다시 피겠지만 꽃들이 나를 부르는 것 같아서 도저히 그대로 있을 수 없었다. 기어코 대구 탈출을 감행하기로 했다. 간첩도 아니고 강도도 아닌데 검은 모자에 안경, 마스크, 장갑까지 단단히 착용하고 자동차 시동을 걸었다. 정신없이 대구를 빠져나가며 차 안에서까지 마스크를 끼고 있는 내 모습에 헛웃음을 지었다. 그때만 해도 마스크가 몸에 익숙하지도 않았을 뿐만 아니라 지금처럼 이렇게까지 일상이 되리라고는 예상하지 못했다.

국도로 갈까? 고속도로 내리는 톨게이트에서 대구 사람 검문하면 어쩌지? 신천대로를 달리며 스스로 잔뜩 위축되어 별의별 생각이 다 들었다. 원주 방향으로 달리는 중앙고속도로는 한산한 가운데 – 스쳐 지나가기만 해도 위압감 드는 – 대형 덤프트럭들만 속도를 냈다.

한 시간 반 정도 달리면 충분히 도착하는 의성군 다인면, 내 친정 마을 살구재. 시골은 코로나의 심각성을 체감하지 못하는 시기였지만 워낙 연로한 노인네들만 사는데다가 초봄의 쌀쌀한 날씨 탓에 집 밖 출입을 하지 않아서인지 사람 구경 못하기는 대구나 그곳이나 마찬가지였다. 우체국 집배원만 오토바이로 마을을 다니고 있었다.

매화 다 질까 걱정되어 조급한 마음에 감행한 시골행이었건만 도착한 친정집 나뭇가지는 아직 뽀얀 겨울이었다. 찬바람 휘휘 불고 꽃눈이 이제 겨우 싹을 틔우고 있었다. 산 바로 밑에 자리한 시골집은 해가 짧다. 매화 볼 요량으로 혹성 탈출하듯 감행한 시골행에 꽃이 없는 허탈함을 해지기 전 얼른 다른 무언가로 채워야 했다. 300여 평 널찍한 텃밭에는 형제들이 짬짬이 와서 농사를 짓는 덕에 봄부터 가을까지 갖가지 채소와 꽃들로 제법 볼 만하지만, 초봄의 밭은 이른 봄나물들이 몇 군데 파랗게 자라고 있을 뿐 아직 휑했다.

추운 겨울을 이기고 기어코 살아남은 봄동이 여기저기서 자라고 있었다. 겉절이 해 먹으면 좋을 것 같아서 한 줌 뜯었다. 봄동 옆으로 눈을 돌리는데 헉! 깜짝 놀랐다. 배추만 한 냉이가 거무스름한 색을 띠고 땅에 붙어서 여기저기 자라고 있었다. 땅은 이미 해동하여 스펀지처럼 부드러웠다. 호미로 살짝만 파 주면 깊숙이 뿌리 내린 냉이가 쑥, 뽑혔다. 뿌리가 하도 깊어 당기면 끊어질 만도 한데 한 번에 쑥, 뽑혔다. 뿌리까지 냉큼 내어주어서 냉이인가. 부드러운 흙을 툭툭 털어 낸 냉이는 금세 한 소쿠리가 되었다. 마당가에 있는 수돗물을 틀어서 말끔하게 씻어 놓으니 길쭉한 냉이 뿌리가 뽀얗게 변신하여 늘씬한 외모를 뽐냈다. 살짝 데쳐 된장과 참기름에 조물조물 무쳐 먹으면 보약보다 좋겠지. 그리고는 잠시 짧은 오후 햇볕에 시린 손을 녹이며 어린 시절 한때로 시간 여행을 한다.

옛날 내가 국민학교(그땐 그렇게 불렀다.) 1,2학년쯤 농한기를 맞이한 시골의 겨울은 아주 한가했다. 아버지는 새끼줄을 꼬아서 봉새기를 만들거나 지게로 나무를 한 짐 해 오는 일이 하루 일과에서 빠지지 않았고 엄마는 매일 홀치기를 했다. 홀치기는 농한기 농촌 아주머니들의 보편적인 부업이었다. 아버지가 방에 뜨뜻하게 군불을 때 놓으면 엄마는 나무로 만든 길쭉하고 조그만 틀을 앞에 놓고 허리를 꼿꼿이 펴고 앉아 홀치기를 하였다. 아직도 모습이 생생하다. 그때 엄마 나이가 지금의 나보다 훨씬 적은 40대였다. 나는 그 옆에서 방바닥에 배를 깔고 방학 숙제를 하곤 했다. 엄마는 홀치기를 할 때마다 자그마한 소리로 노래를 불렀다. 그때는 알 수 없었으나 커서 생각하니 해당화 피고 지는 섬마을에, 오늘도 걷는다마는 정처 없는 이 발길, 당신과 나 사이에 저 바다가 없었다면, 이런 노래였다. 가사도 뜻도 몰랐지만 엄마가 슬퍼서 부르는 노래인 줄 알고 옆에 있던 나도 덩달아 슬픈 기분이 들었던 기억이 있다. 꽃차를 시작한 이후로, 그 옛날 엄마와 똑같은 모습의 나를 종종 발견한다. 꽃을 한 방 가득 펼쳐 놓고 꽃을 다듬을 때나 한 송이 한 송이 꽃을 굽고 있을 때 나도 모르는 사이 콧노래를 흥얼거리고 있었다. 그 순간은 세상 어느 누구보다 행복하고 평화로운 상태다. 말하자면 홀치기를 하면서 콧노래 흥얼거리던 엄마는 슬펐던 것이 아니라 가장 편안하고 행복했던 것이다. 참 다행이다.

논밭 사이로 난 신작로를 차로 약 10여 분 달려 도착한 아버지 산소. 한낮의 따뜻한 햇살을 쬐며 평안하게 지내고 계셨다. 지난해 가을 만들어 놓은 국화차 한 잔과, 초코파이, 청포도 사탕까지 하나 까 드렸다. 사실 아버지는 생전에 레쓰비 캔 커피 마니아였다. 꽃차 맛보고 어떤 품평하실지 궁금했다. 아버지 돌아가시고도 5년이 지난 후에야 꽃차를 시작했다. 아버지는 딸내미가 지금 꽃차에 흠뻑 빠져 있는지 알고 계실까. 나의 중년이 꽃차와 함께 행복할 수 있는 것은 모두 아버지 덕분이다. 원했든 원하지 않았든 견뎌야 했던 유년 시절의 시골생활에서 쌓인 감성의 조각들이 지금에 와서 보물이 되었다.

집 옆 텃밭에 자리 잡은 엄마 산소 주위에 매실나무 대여섯 그루. 꽃이 피려면 적어도 보름은 더 있어야 할 것 같았다. 쓸쓸하기 짝이 없는 빈집에 봄이 오고 매화 만발하면 엄마 산소 주위가 제법 시끄럽다. 수백 마리 꿀벌들이 가루받이하느라 분주하다. 매화차 만들 요량으로 꽃을 따다 보면 자기 밥그릇 빼앗길까 안달하듯 더 큰 소리로 주변에서 웽웽거린다. 그러면 나는 '미안하다. 같이 좀 먹고 살자'고 달래며 벌들에게 말을 건다. 올해 매화는 보름 뒤를 기약해야 했다. 꽃 없는 허탈함을 잠

엄마 산소 주위에 매실나무 대여섯 그루. 꽃이 피려면 적어도 보름은 더 있어야 할 것 같았다. 쓸쓸하기 짝이 없는 빈집에 봄이 오고 매화 만발하면 엄마 산소 주위가 제법 시끄럽다.

재우고 준비해 간 꽃차 한 잔 엄마께 올리고 인사를 했다. 다행히 코로나로부터 자동 격리되어 제법 평화로운 일상을 보내고 계시기에 안도하였다.

곧 다시 오겠다고 엄마에게 고한 후 대구로 핸들을 잡았다. 봄동과 냉이로 대리 만족하기에는 빈 꽃바구니가 못내 아쉬워서 남편과 둘만 알고 있는 홍매나무가 있는 곳을 잠시 들르기로 했다. 국도를 따라 30분 정도 대구 방향으로 오다가 선산 도개면 근처에 다다르면 해마다 진분홍 꽃을 피우는 홍매화 나무 한 그루를 만날 수 있다. 홍매는 일반 매화보다 좀 일찍 피기 때문에 혹시나 하는 기대감으로 그곳으로 달려서 도착하자, 저쯤 보이는 매화가 붉다.

어머나! 피었네, 시골길 언덕에 서 있는 한 그루 매화나무. 전해에도 꽃을 조금 모시긴 했는데 주인이 있는 나무인지 명확히 알지 못했다. 꽃을 따러 다니다 보면 시험에 들 때가 간혹 있다. 내 것 아닌 것을 욕심내는 것은 부당한 행동임에도 막상 꽃을 보면 그 경계에서 너그러운 내 자신을 본다. 강변의 금계국, 시골길 그 홍매, 빈집 앞 목련이 그랬다. 그 밖에도 더 있을 것이다. 꽃을 앞에 두고 나는 가끔 꽃도둑이 된다.

적당한 곳에 차를 급히 세우고는 까만 비닐 봉지 주둥이를 벌렸다. 하나, 둘 세어 가며 꽃봉오리를 따기 시작했다. 마음이 그렇게 편하지만은 않았다. 바로 앞에는 봄나물 뜯는 아저씨도 있고 빈 논에 로타리 치는 농부도 아무 말 하지 않는데 마음이 편치 않았다. 한 300여 송이 땄을까. 이젠 그만 따야지. 손을 멈추고 비닐 봉지에 코를 처박고 향기를 맡아 보았다. 홍매는 향기롭고 달콤했다. '이만하면 꽃차 샘플 한 병 나오겠어.'

혼잣말하며 다시 운전대를 잡았다. 짧았던 하루 일탈을 뒤로하고 나는 또다시 대구 사람이 되었다. 입성한 대구 하늘은 온통 잿빛이었다. 마치 코로나가 뒤덮은 대구 상황을 대변해 주는 듯한 날씨였다. 미세먼지도 있는 것 같다. 하루 종일 잊고 있던 대구의 현실로 돌아왔다.

　보름쯤 지나서 나는 다시 시골을 찾았고 만개한 매화를 한 바구니 모셔다가 향긋한 매화차를 만들었다. 난향이 천 리를 간다고 하는데 매화향 또한 꽃차 중에 향이 으뜸이다. 향이 어찌나 그윽하고 달콤한지. 지금도 작년에 만들어 놓은 매화차 병뚜껑을 열면 향이 그대로 살아 있다. 제대로 나눔도 못하고 아끼는 꽃차다.

3

잃어버린 그해 봄 2

텃밭과 삼색제비꽃

2020년 봄은 절망과 희망을 동시에 목격했다. 사상 초유의 힘든 상황에 목숨 내놓고 의료 봉사하는 의료인들, 마스크 직접 나눠 주러 대구를 찾았던 의리의 대명사 배우 김보성. 기부금을 쾌척한 연예인들. 개점 휴업 중인 상황에서도 도시락 봉사한 식당 업주들, 착한 임대료를 선물한 건물주들, 의료진들에게 커피 봉사하는 카페업주. 생업을 뒤로 미루고 의로운 일에 동참한 자원봉사자. 모두가 난세의 영웅이다. 안타까운 것은 21세기 최첨단 의료 기술이 무색하게 유명을 달리한 수많은 코로나 희생자들이다.

세상의 이치가 아이러니다. 비가 오면 소금장수는 죽을 맛인데 우산장수는 웃는다. 마스크는 날개 돋치듯 팔리고 노래방과 식당은 폐업이 속출했다. 어디 이것뿐이겠는가. 이웃 간의 관계도 점점 폐쇄적이 되어

간다. 놀이터에 나갈 수 없어 쿵쿵거리며 노는 어린 손주들을 할머니 할아버지가 어떻게 막을까. 그런데 아랫집은 죽을 맛이다. 참다못한 큰아들이 찾아가서 한소리 한다. 나는 그것이 또 못마땅하여 좀 참으라고 말하니 아들은 내게 또 볼멘소리다. 악순환의 연속이다.

그해 여름의 일이다. 구청으로부터 5평의 주말농장을 분양받아 봄부터 채소와 꽃을 심어 가꾸고 있었다. 차로 20분 거리에 있는 도시농장. 남편과 나는 짬짬이 주말과 아침저녁 시간을 이용하여 물을 주고 풀을 뽑고 꽃을 키웠다. 엄밀히 말해 남편이 거의 도맡아 가꾼 셈이다. 좁은 공간이지만 마리골드가 탐스럽게 꽃을 피우고 있고, 한편에는 깻잎·방울토마토·가지·상추도 심어 놓았다. 봄에는 삼색제비꽃을 이식하여 초여름까지 꽃을 키우고 꽃차를 만들었다. 식용으로 호평 받는 삼색제비꽃은 꽃차 하는 사람들에게 아주 인기가 좋은 꽃이다. 샐러드나 꽃밥 등 요리의 재료로 쓰는 생꽃도 인기가 높다.

몇 해 전 처음 삼색제비꽃을 도시농장에 심었을 때는 함께 농사짓던 주변 주민들의 사랑을 듬뿍 담은 꽃차를 만들었다. 모두들 꽃밭을 보고는 "하이고, 전부 고추 심고 상추 심기 바쁜데 밭에 꽃이 피어 있으니 올 때마다 얼마나 즐거운지 모르겠어요. 향기도 참 좋네요. 고마워요."라고 한 마디씩 보태 주었다. 나는 왠지 어깨가 으쓱하여 "요고, 집에 가져가서 깨끗이 씻어서 저녁때 채소랑 같이 꽃 샐러드 만들어 드세요."라며 꽃을 한 줌 쥐어 주었다. 시간이 지날수록 사람들은 꽃밭에 익숙해졌고, 자연스레 서로의 이야깃거리가 되었다.

삼색제비꽃은 여름이 되기 전에 뽑아내야 한다. 높은 온도에 잘 견디지 못하므로 30℃ 이상 기온이 올라가는 여름이 오면 줄기가 웃자라기도 하고 생육 상태가 나빠져서 본격적인 여름이 오기도 전에 줄기가 녹아 버린다. 삼색제비꽃을 뽑아낸 자리는 마리골드가 대신한다. 마리골드는 키우기가 쉽고 꽃차로도 삼색제비꽃차만큼 인기가 높다. 초여름부터 서리가 내리기 직전 늦가을까지 끊임없이 꽃을 피워 낸다.

그날도 혼자 작업복으로 갈아입고 밭엘 갔다. 몸빼바지에 허름한 점퍼, 챙이 넓은 모자에 빨간 장화. 내가 밭에 갈 때 입고 신는 옷과 신발은 거의 교복 수준으로 정해져 있다. 주로 빨간 점퍼에 까만색 몸빼바지를 입는다. 며칠 만에 간 농장에 마리골드는 의리를 저버리지 않고 한 밭 가득 피어 있었다. 고맙다, 고맙다, 낮은 목소리로 꽃에게 전하며 바구니 가득 꽃을 담았다.

늦은 오후, 집으로 돌아와 주차를 하고는 1층 현관문 앞으로 가는데 저 멀리서 차 한 대가 들어오더니 나이 지긋한 아주머니 한 분이 뒷좌석 내렸다. 그리고는 빠른 걸음으로 나를 제치고 현관 비밀번호를 눌렀다. 바구니를 들고 있던 나는 자연스레 그녀 뒤를 따라 들어갔다. 아주머니는 엘리베이터 버튼을 눌렀고 곧이어 문이 열렸다. 뒤따라 타려던 나는 순간 멈출 수밖에 없었다. 재빨리 뒤로 돌아선 아주머니가 나를 보고 오른쪽 손바닥을 뻗쳐 내 보였다. "타지 마세요. 제가 먼저 탔잖아요. 나중에 오세요." 얼떨결에 나는 네, 라고 대답해 버렸고 엘리베이터 문이 닫혔다. 순식간에 일어난 상황이라 무슨 일인지 판단할 겨를도 없었다. 내가 허름한 행색을 하고 있어서 그랬을까. 아무리 코로나로 민심이 흉흉한 상황이라지만 그렇게까지 했어야 했나. 부득이 혼자 타야 했다면, 미안하지만 코로나 상황에 내가 몸이 좀 약해서 먼저 올라갈게요. 양해 부탁합니다, 라고 사정 얘기를 하면 안 되었나.

지난겨울은 날씨가 따뜻했는지 아파트 베란다 너머로 보이는 산책길 매실나무가 벌써 꽃을 활짝 피웠다. 아직 2월 초순인데 말이다. 시골집 매화는 아직 줄기가 말갛겠지. 이번 설에는 가족들 모이지 말라고 하니 남편과 함께 김천에 계시는 시어머님께 잠깐 들러 세배만 하고, 엄마 아버지께 설 인사도 드릴 겸 시골집에 갈 예정이다. 가서는 매실나무 전지를 해 줄 생각이다. '매화나무를 자르지 않는 바보, 벚나무를 자르는 바보'라는 일본 속담이 있다. 벚나무는 가지 자른 곳으로 물이 들어가 쉽게 썩을 수 있기 때문에 조심하라는 뜻이다. 반면 매화나무는 매년 웃자라는 가지를 적당하게 잘라 주어야 꽃이 많이 핀다. 꽃이 많이 피면 열매도 많이 맺히고, 꽃차 만드는 내게도 이득이다. 어찌 정성을 다하지 않을 수 있겠는가.

4

미안하고 감사해요, 아버지

"괜찮다. 아직은 괜찮을끼다. 우리 오메가 나는 팔십여섯까지는 끄떡없을 거라 캤다." 팔순이 넘은 아버지가 가끔씩 힘없이 누워 있을 때면 걱정하는 자식들 들으라고 입버릇처럼 하던 말이다. 그리고 여든여섯이던 해 가을, 당신이 했던 말에 책임이라도 지듯 나의 아버지는 정말로 그렇게 세상과 이별했다. 아버지를 땅에 묻던 날, 햇빛은 어찌나 맑고 하늘은 또 왜 그렇게 푸르던지. 당신이 봄에 손수 뿌린 씨앗이 황금물결로 출렁이는 들길을 지나 평생을 죽자 살자 가꾸던 논밭 옆에 자리 잡고 누웠다.

나는 어린 시절부터 마흔을 훌쩍 넘긴 중년이 되었을 때까지도 아버지에 대한 표현하지 못한 서운함을 가슴 한 곳에 묻어 놓고 살았다. 낳기만 했지 자식을 사랑하긴 했을까? 정확하게 말하자면 아버지가 돌아가

시기 일주일 전까지도 그런 마음이었다.

자식 여럿 낳아 놓고 그저 밥만 굶지 않게 죽어라 나락농사 나물농사나 지을 줄 알았지 사랑이라는 것을 한 번도 표현하지 않던 아버지. 열 살쯤에 이미 모내기, 밭 매기, 소꼴 베기, 고추 따기 같은 일들이 휴일이나 방학 때 나의 일상이었다. 모내기하는 날이면 조퇴하고 논에 가서 못줄을 잡아야 했던 기억. 공부하란 말을 아버지에게서 한 번도 들어 본 적 없었다. 그 시절 우리 집은 늦은 봄부터 여름까지 누에를 쳤다. 집 주변에 넓은 뽕밭이 두 개나 있었고 누에를 키우던 잠실도 한 채 따로 있었다. 휴일에도 놀 틈 없이 뽕잎을 따고, 누에똥 갈아 주기를 사흘이 멀다 하고 했으며, 누에 고치를 공판장에 넘기는 날까지 그 일에 매달려야 했다.

일요일 이른 아침이었다. 꿀맛 같은 아침잠을 자던 나는 아버지 고함에 못 이겨 눈을 비비며 마당으로 나왔다. 아버지는 마당에 파란 갑바(방수용 천막)를 깔아 놓고 이슬도 마르지 않은 뽕나무 가지를 산더미처럼 쌓아 놓았다. 온 식구가 모두 호출되어 각자 낫 하나씩을 들고는 가지에 붙은 뽕잎을 쳐내야 했다. 나는 아직 덜 뜨인 눈에 낫으로 뽕나무 가지를 친다는 것이 그만 왼쪽 엄지손가락을 내리쳤다. 40년이 훨씬 지난 지금도 내 엄지손가락에는 그날의 흔적이 흉터가 되어 남아 있다.

중고등학교 때도 마찬가지였던 나의 유년은 그저 하루 빨리 시골을 벗어나고 싶은 생각으로 가득 찼던 시기였다. 그렇게 나는 독립을 꿈꾸며 상고를 졸업했고 운 좋게도 신이 숨겨 놓은 직장(그때는 그랬다.)이라는 은행에 취직하여 드디어 스스로 돈을 벌기 시작하였다. 고등학교 진학

할 때도 아버지가 해 준 말이 있다. "없는 돈으로 고등학교 보내 줬으니 시집은 니가 벌어서 가거라."(결혼할 때 나는 진짜 그렇게 했다.)

은행 다니면서 읍내에서 자취를 했는데 처음 몇 년은 엄마가 보고 싶어 매주 토요일 오후 – 그때는 토요일도 오전 근무했다. – 만 되면 집엘 갔다. 그러다가 나중에는 한 달에 두어 번 가게 되고, 결혼한 후에는 그마저도 줄어들어 명절이나 생신 또는 특별한 날만 친정엘 갔으니 성인이 되어서는 딱히 아버지를 원망할 일은 없었다. 외려 내가 용돈을 드리는 입장이 되다 보니 옛날에 섭섭했던 기억은 가슴 한 곳에 그냥 묻어 둔 채 세월이 10년, 20년 흘러갔다. 그 사이 아버지는 나이 팔십이 훌쩍 넘은 할아버지로 변해 있었다.

그러던 어느 날, 엄마에게 치매가 찾아왔다. 어쩌다 한 번씩 드나드는 자식들 눈에는 나이 들어 그렇겠거니 했는데 같이 살던 아버지는 왜 더 일찍 알지 못했을까. 하지만 당장 뚜렷한 방안도 없었거니와 아버지가 곁에 있고 행동만 조금 이상할 뿐 시골에서 생활하기에 괜찮다는 판단을 했다. 엄마는 치매가 깊어지면서 부엌일에서 손을 놓았다. 언젠부턴가 밥상에는 고추장과 말라비틀어진 새우젓 종지만 올라 있었다. 아버지는 마땅한 반찬 없이 겨우 밥만 지어 짠내 나는 새우젓 찍어서 끼니를 때운 모양이었다.

2008년 초파일, 절에 다녀오는 길에 남동생의 전화를 받았다. 아버지가 폐렴이 잘 낫지 않아 대구병원으로 가는 길이라고 했다. 절에서 내려와 바로 병원으로 갔다. 한 병실에 엄마와 아버지를 함께 입원시키고선 이런저런 검사를 받았다. 이틀쯤 지나, 의사는 나를 불러 앉혀 놓고 아버지가 위암 말기라면서 앞으로 6개월 정도를 얘기했다. 아버지 나이 여든여섯이던 해였다. 새우젓이 문제였을까. 평생을 육식보다는 채식을 하고 생선을 즐겨 드신 양반인데 위암이라니.

암 진단을 받기 전에도 아버지는 자주 누워 있었고 담이 돌아다닌다 는 말을 종종 했다. 그럴 때면 본인의 병은 본인이 제일 잘 안다고 '가미 사물탕'을 먹어야 고칠 수 있는데 제대로 조제할 줄 아는 한약방이 없다 며 한의사가 된 것처럼 얘기하곤 했다. 젊은 시절 큰물에 떠내려가다가 겨우 살아났는데 그 뒤부터 그렇다고 했다. 며칠 누워서 사경을 헤맬 때 아버지의 어머니―나의 할머니―가 "너는 팔십 여섯 까지는 끄떡없을 테 니 얼른 툭툭 털고 일어나거라." 하셨단다. 그 말을 듣고 난 뒤 기적처럼 일어나 처자식 건사하며 부지런히 농사짓고 잘 살았다.

투병 중에도 아버지는 맘 편하게 한곳에서 치료에 전념하지 못했 다. 체크무늬 여행용 가방에 옷가지 몇 개 챙겨서는 일주일은 아들 집에 서, 주말은 우리 집에서, 또 어떨 때는 여동생 집에서 4개월 남짓 불편하 고 고단한 투병을 하였다. 자식 입장에선 잠시도 못 참고 자꾸만 돌아다 니는 치매를 앓던 엄마와 아버지를 한 집에서 돌보기가 버거웠다고 변 명해 본다. 아버지 상여 나가기 전날 밤 장례식장 구석에 있던 옷 가방을 안고서 대성통곡을 했다. 급하게 응급실 갈 때도 가지고 갔고 숨이 멎는 그 순간에도 병상 밑에 있던 가방이었다. 장삿날 태우려고 장례식장까 지 가져갔다.

그 몸으로 굳이 시골집에 있겠다고 우기던 아버지의 요청으로 며칠 만 있기로 한 적이 있었다. 결국 이틀 만에 전화를 받고 급하게 한 시간

반 남짓 걸리는 시골집으로 달렸다. 병원으로 다급히 가야 할 상황이면 어떡하나 걱정하며 집에 도착했는데 아버지가 엉금엉금 기어 방에서 나오셨다. 기운이 다 빠져서는 겨우 움직이는 아버지에게 나는 화를 참지 못하고 그만 고함을 지르고 말았다. 대충 상황을 수습하고 아버지를 태우고 바로 병원으로 갔고 다행히 며칠 입원한 후 퇴원하여 우리 집에 머물렀다. 그래봐야 한 달도 안 되는 기간이다. 같이 지내는 짧은 기간 동안 그래도 내 딴엔 최선을 다한다고 죽도 끓여 드리고, 생선도 굽고, 목욕도 시키며 인생에서 가장 길게 아버지께 효도(?)한 시간이다. 온종일 아버지와 둘만의 시간이 많았음에도 정말 나를 사랑하긴 했는지, 왜 그렇게 정을 주지 않았는지, 뭐 이런 속 깊은 이야기는 서로 하지 않았다. "아부지 좀 괜찮아요? 아프지는 않고요? 죽 맛이 어때요?", "고맙다, 잘 먹었다. 괜찮다." 이런 미지근한 대화만 오갔을 뿐 나는 짬짬이 혼자 외출도 했고, 아버지는 소파나 침대에 쪼그리고 누워 있거나 잠깐 텔레비전을 보는 일로 하루하루를 보냈다.

아버지가 떠나고 후회하는 일 중 하나는 당신이 날짜를 받아 놓았다는 사실을 모른 채 하루하루 시간을 보내게 했다는 것이다. 알면 충격 받을 것이라는 막연한 걱정에 가족 누구도 그 사실을 아버지에게 알려드리지 않았다. 만일 아버지가 자신의 시간이 얼마 남지 않았다는 사실을 알고 몇 개월을 보냈더라면 어땠을까. 생을 정리하는 무언가를 했을까. 어쩌면 나와 가족은 아버지를 걱정한답시고 정리할 최소한의 기회마저 드리지 않았다. 당신도 아무것도 모른 채 막연하게 건강해지리라는 한 가닥 희망으로 매일 힘겹게 죽을 드셨는지 모르겠다.

9월이 되면서 아버지는 하루하루 이별의 시간이 임박한 줄도 모른 채 고만고만하게 버텼고, 간간히 병원을 오가며 남동생 집에서 하루하루를 보내게 되었다. 주말에라도 동생부부가 좀 쉬라고 금요일 저녁이면 아버지를 우리 집으로 모셔 왔다. 딸내미 집이 좀 더 편했을 텐데 굳이 며느리와 같이 지냈던 것은 엄마가 걱정되어 함께 있기를 원했기 때문이다. 간간이 일을 해야 하는 나는 엄마와 아버지 두 분 모두와 함께 있을 수가 없었다.

추석 지나고 닷새쯤 지난 금요일 오후, 남동생이 옷가방을 챙겨 아버지를 우리 집에 모셔다 주고 갔다. 그날따라 아버지는 왠지 기분이 참 좋았고 연신 웃으며 말씀도 어찌나 많이 하시던지. 딸의 집에 오니 좋은 건지 아무튼 많이 호전되고 있는 것 같이 보여 덩달아 나도 좋았다. 아버지는 평생에 하지 않았던 속 이야기를 하기 시작했다.

"그때 참 기분이 좋았었는데." 상고를 졸업하기 전 은행에 합격했을 때 아버지는 참 기뻤다고 그제야 속내를 보여 주었다. 그렇게 나와 아버지는 주거니 받거니 화기애애한 가운데 이야기꽃을 한참 피웠으며 그동안 얹혀 있던 체기가 쑥 내려가듯 시원함을 느꼈다. 그리고는 아버지를 따뜻한 물로 목욕시켜 드렸다. 그날 밤 아버지는 세상 편하게 깊은 잠을 주무셨다.

일요일 저녁, 남동생 집으로 다시 가신 아버지가 급하게 응급실로 가셨고 입원을 하게 되었다. 아버지가 입원한 지 4일째 되는 날―당시 나는 모 대학교 시간강사를 하던 때였고, 그날은 1교시부터 강의가 있었다.―출근하기 위해 동대구 톨게이트를 막 빠져나가 고속도로에 진입하기 직전 제부에게서 전화가 왔다. 차를 갓길에 멈추고 전화를 받았다. "처형, 아버님 방금 운명하셨습니다."

그렇게 아버지는 여든여섯이던 그해를 넘기지 못하고, 의사가 말하던 6개월도 채우지 못한 채 추석 쇠고 열하루 지나 다른 세상으로 떠났다. 문득문득 드는 생각으로는 당신의 어머니가 말씀해 주신 그 나이에 몸이 아프니 스스로 체념하고 운명을 받아들이지 않았나 싶다. 여든여섯에 생의 여정을 마치고 고향 면 소재지에 있는 농협 장례식장에서 이틀 동안 지인들에게 이별을 고했고, 황금물결 들판을 가로질러 산 하나 너머에 있는 당신의 논 옆에 자리를 파고 누웠다. 치매로 감정을 잃어버린 엄마는 아버지의 죽음도 모른 채 눈물 한 방울 없이 장례식장 밥을 고깃국에 말아서 잘도 먹었다. 발인하는 날, 차로 5분도 걸리지 않은 장지에 가기 전 평생을 사셨던 시골집을 둘러보기로 했다.

살구재, 마을의 제일 꼭대기에 위치한 우리 집. 마을 입구에서 한참을 걸어 올라가야 하는 우리 집. 마을 초입 공터에 영구차를 세우니 마을 회관 담벼락에는 구경꾼이 가득했다. 남동생과 어린 조카가 영정을 들고 내리자 '또띠'(엄마 아버지의 절친 반려견)가 어떻게 알았는지 저 멀리서 쫓아 내려오며 큰 소리로 짖어 댔다. 우리 가족들은 그런 또띠를 보며 또 울음바다가 되었다. 골목을 지나 아버지 사는 동안 평생의 안식처였던 작은방, 큰방, 마당, 창고를 둘러보고는 황금물결 들판을 가로질러 영면의 땅으로 들어갔다.

아버지 돌아가시고 벌써 13년째 새해를 맞이한다. 거실 소파에 앉으면 아버지와 엄마가 함께 찍은 사진이 눈에 들어온다. 사진 앞에 생전 당신이 쓰던 물건 몇 개를 놓아두었다. 까만색 이어폰 줄, 연고가 담긴 커다란 튜브, 그리고 7만 원이 든 꼬깃꼬깃 하얀 봉투, 손때 묻은 시계. 지금 다시 보니 하얀 봉투는 다시 노란 비닐 봉지로 칭칭 동여매 놓은 상태로 있다. 아버지 냄새가 아직도 나는지 다시 한 번 킁킁거리며 맡아 본다. 까만색 이어폰 줄은 아버지 허리끈이다. 더 예전에는 낡은 넥타이로 허리를 졸라매더니 투병할 즈음에는 살이 빠져 헐렁해진 바지를 까만 이어폰 줄로 맸다. 굳이 말리지 않았다. 커다란 튜브, 이것 때문에 아버지를 윽박지른 적이 있다. 그래서 차마 못 버리고 아직도 가지고 있다. 늘 들고 다니던 체크무늬 옷가방 속에는 칫솔과 치약이 있었는데 하루는 양치를 하려고 치약을 짜는 아버지를 유심히 보니 상처에 바르는 연고를 짜고 있었다. 튜브 모양이 치약과 비슷했는지 영어로 표기된 글씨를 못 읽었는지, 맛이 이상했을 텐데도 치약인 줄 알고 쓰고 있었던 것이다. 그것을 보고 막 짜증을 냈다.

꼬깃꼬깃 7만 원 담긴 봉투. 시골에 머물던 아버지를 급히 모시러 간 날, 소변을 실수해서 무작정 화를 냈던 그날. 아버지는 무언가를 열심히 찾고 있었다. 물어보니 돈 봉투가 없어졌다고 했다. 변소 가다가 흘렸는지 어디서 잃어버렸는지 아무리 찾아도 없다고 하면서 몹시 안타까워했다. 그 모습이 너무 간절하여 내가 이불 속이며 서랍을 샅샅이 뒤져 찾아서 아버지 손에 쥐어 드리고 싶었으나 찾지 못했다. 돌아가시고 유품 정리하다가 옷 속에 깊숙이 둔 노란 비닐을 발견했다. 잃어버릴까 봐 단단히 숨겨 두었는데 정신이 희미해서 기억이 나지 않았나 보다. 아마 자식중 누군가가 준 용돈이었겠지. 낡아 빠진 손목시계, 코를 갖다 대고 아무리 킁킁거려도 쇠 냄새만 날 뿐 아버지 체취는 이제 나지 않는다. 생전 좋은 시계도 하나 못 차 보고 주구장창 그 시계만 차고 다녔다. 아버지가 몸에 지니고 있던 물건들. 태워 주어야 좋은 곳 간다는데, 12년이 지난 지금도 나는 차마 태우지 못하고 부여잡고 있다.

내 아버지. 그 금요일, 당신은 일주일도 못 살고 죽는다는 것을 알았을까? '너를 사랑하지 않은 것이 아니었다'는 것을 더 늦기 전에 둘러서라도 말해 주시다니. 스무 살이 될 때까지 아버지 밑에서 지낸 유년의 생활이 있었기에 들풀, 들꽃들의 이야기를 누구보다 많이 간직한 꽃차 선생이 될 수 있었던 것이 아닐까. 나에게 꽃차를 배우는 이들에게 더러 말한다. 그 누구보다 내 아버지께 감사한다고. 순간순간 훅훅 치고 들어오는 아버지 생각에 안타깝고, 미안하고, 감사하고, 보고 싶다. 지금 이 순간도.

5

가족이라는 이름으로

하루는 내게 꽃차를 배운 이 선생에게서 전화가 걸려왔다. "원장님, 생전에 나한테 꽃 한 다발 사 준 적 없던 남편이 오늘 출장 갔다 오는 길에 구했다며 연꽃 여나믄 송이를 가져왔어요. 이거 꽃차 어떻게 만들어요?"라고 묻는 전화였다.

또 한 번은 공대 출신에 외향적 성격인데도─처음 들으면 싸우는 줄 착각할 정도로 목소리가 크다.─꽃차를 섬세하게 잘 만드는 진아 씨가 수업에 와서는 교육원이 들썩거릴 정도의 큰 소리로 어린 딸 이야기를 들려주었다. "원장님, 글쎄 지난주에 우리 서현이 어린이집 가방을 정리하는데 안 좋은 냄새가 나서 뭔지 봤더니 비닐 봉지 안에 다 썩은 음식 같은 게 있더라고요. 불러다가 혼을 냈어요. 그랬더니 서현이가 울면서 하는 말이, 어린이집에서 야외수업 갔을 때 꽃을 보고 꽃차 만들게 엄마 주려고 가방에 넣어 놨었어, 라지 뭐예요." 그때 서현이는 네 살이었다.

지금은 돌아가신 우리 시아버지. 생전에 가끔씩 신천 둔치를 시어머니와 함께 운동 삼아 걸었는데 한 번은 강가에 핀 노랑코스모스를 보고는 이거 우리 며느리 좀 따다 주면 좋겠다, 고 하셨단다. 살아 생전 살가운 분은 아니셨다. 모두 꽃을 보면 그렇게 되나 보다. 그게 가족인가 보다.

지난 주 금요일, 경산 하양에 위치한 대구가톨릭대학교에서 개강 수업(박사 과정을 밟고 있다.)을 마치고 나니 오후 3시 30분이었다. 무슨 일을 새로 시작하려 해도 어중간한 시간, 하루를 마무리하기도 아쉬운 시간을 우리는 '오후 3시 같다'라고 표현한다. 정말 그랬다. 집으로 바로 가기에는 조금 이른 시간이라는 생각이 들어 친구를 만나러 가기로 마음먹었다. 대구 근교에 사는 친구를 만나기 위해 내비게이션을 켜고 출발했다. 하양에서 차로 30분 거리에 있는 대구 칠곡동. 내비게이션이 시키는 대로 따라갔다. 그런데 잠깐 딴생각을 했는지 나들목에서 길을 갈아타지 못하고 출구를 지나치고 말았다. 내비게이션은 요란하게 나를 꾸짖으며 다시 20분을 더 달리라고 명령했다. 다시 도착한 톨게이트를 빠져나오자마자 금세 로터리 회전구간이 나왔다. 출구가 1시 방향인지 12시 방향인지 결정할 시간도 없이 빠져나온 길이 또 잘못이었다. 턴하는 곳도 없어 앞으로 달리는 수밖에 없었다. 뒤에는 다른 차들도 따라오고 있었고.

터널을 지나 조금 더 달리다 보니 제법 익숙한 곳이 나타났다. 5,6년 전쯤 엄마가 머물던 요양병원을 오가던 길이 분명했다. 새로 터널이 뚫리고 늘 다니던 길보다 질러서 갈 수 있는 길이 난 모양이었다. 대구로 요양병원을 옮기기 전 당신 아들 사는 곳에서 가까웠던 왜관의 요양병원에 2년 정도 계신 적이 있었다. 자주 다니지는 못했지만 일주일에 한두 번은 엄마를 보러 다니던 곳. 늘 지나다니던 길옆 식당 앞에는 5월이면 붉은 아카시꽃이 피었다. 산에서는 잘 볼 수 없는 그 꽃을 주인에게 부탁하여 몇 송이 얻은 적도 있다. 그곳을 내가 지나가고 있었던 것이다. 더 이상 병원에 갈 일이 없게 된 나는 우회전을 하여 익숙한 길을 따라 다시 내비게이션이 안내하는 대로 친구에게로 달렸다.

예정했던 시간보다 한 시간이나 둘러서 친구 집 근처에 도착하여 전화로 친구를 불러냈다. 요즘 친구 남편이 많이 아프다. 아픈 남편 간호하느라 자기 몸도 돌보지 못하는 친구에게 따뜻한 갈비탕 한 그릇 사 주고 싶었다. 그래서 다 늦은 오후에 갑자기 방향을 잡았는데 한 시간 넘게 돌아서 도착한 것이다. 친구의 이런저런 속 답답한 이야기도 들어주고, 헤어지는 길에 남편 주라고 특갈비탕 일인분도 손에 들려주었다. 다 내 마음 편하자고 한 일이지만 그래도 잘한 일이었다. 예전 같았으면 한 시간 넘게 낭비한 나의 신중하지 못함에 대하여 자책하며 속상해 했겠으나 두 번이나 길이 어긋날 때마다 이내 나는 괜찮아, 다 뜻이 있을 거야, 라고 마음을 다잡으며 금방 현실을 받아들였다. 두 번 다시 갈 일이 없을 줄 알았던 그 길을 지나오게 된 일. 그날의 뜻이었을까.

집으로 돌아오는 길에 생각했다. 연꽃을 보고 꽃차 하는 아내 생각에 꽃을 구해 온 이 선생 남편도, 엄마를 위해 꽃을 가방에 넣어 온 서현이도, 코스모스를 보고 며느리를 생각했던 내 시아버지도, 힘겹지만 온

힘으로 아픈 남편을 간병하는 내 친구도 가족이란 이름으로……. 진실
로 가족의 힘은 대단하다.

6

남편, 꽃을 주는 남자 1

3월 초순이 훌쩍 지나가고 남쪽에선 매화, 산수유 꽃소식이 올라오는데 내 사는 곳은 아직 도심에만 매화가 더러 보일 뿐이다. 봄을 시샘하는 반짝 추위에 꽃눈이 다시 움츠렸나. 그럴지언정 3월 들어 그냥 보내는 휴일은 좀이 쑤시고 조바심이 나서 뭐라도 해야지 싶었다.

주말 아침, 남편과 함께 길을 나서기로 했다. 김천에 생강나무를 보러 갈까 하다가 시골 친정에 매화가 피었나 볼 겸 꽃씨 파종하러 가기로 했다. 남편은 외출에 앞서 생존 가방을 먼저 챙겼다. 길을 나설 때면 남편과 항상 물아일체가 되는 조그마한 가방이 하나 있다. 밑에 아이스 팩을 하나 깔고 초콜릿, 과일 두 알, 물 한 병, 과일주스 두 팩, 비스킷 등을 챙긴다. 때로는 김밥과 캔 커피가 들어갈 때도 있다. 나는 꽃차를 우려서 보온병에 챙기기도 하는데 매번은 아니다. 남편은 무슨 일이 있더라도 끼니를 거르지 않는다. 일을 하다가 수시로 꺼내 먹어야 하는 남편에게 절친이자 소울메이트 역할까지 하는 그 가방을 나는 '생존 가방'이라 이름 붙였다. 남편 옆에만 붙어 다니면 먹을거리 걱정은 하지 않아도 된다. 전쟁이 나도 당신은 총보다 생존 가방이 먼저고 나는 그 뒤만 따라다니면 굶어 죽을 일은 없겠다고 우스갯소리 할 정도다.

멀리 가려면 함께 가라. 어디서 많이 들어 본 말이다. 책 제목인 듯도 하다. 오래도록 함께 가기에 배우자만 한 동반자가 또 있을까. 남이 내 마음 같을 수 없음을 몇 번의 경험으로 알게 되었을 뿐만 아니라 그로 인한 마음에 생채기가 아직까지 남아 있다. 때문에 언제나 내 편인 사람은 가족밖에 없음을 안다. 꽃차가 아무리 좋다 한들 열정만 가지고 고군분투했다면 지금 어떻게 되었을지 알 수 없는 일이다. 남편이라는 든든한 지원군이 없었다면 말이다.

내 나이 30초반에 IMF를 맞았고 사내부부라는 이유로 내 뜻과는 상관없이 정리 해고되었다. 그 후 출산과 육아를 병행하며 못다 한 공부를 했다. 어쩌면 정리 해고에 대한 불만을 어떤 식으로든 극복해 보고 싶었던 게 아닐까. 그때 남편은 금전적인 것에서 심적인 부분까지 싫은 내색 없이 지원을 아끼지 않았다. 그 후로도 이제껏 내가 하고 싶어 하는 일에 한 번도 반대한 적이 없다. 살아오면서 고마운 사람을 꼽으라면 당연한 1순위는 남편이다. 항상 속으로 고마운 마음을 간직하고 살았지만 아이들 키우던 젊은 시절, 남편과의 대화는 그리 많지 않았다. 우리는 직장에서 만나 짧은 연애 기간을 거쳐 결혼하였다. 사람 좋아하고 남한테 싫은 내색 잘 못하는 남편은 잦은 술에 늘 귀가가 늦었다. 그렇게 상냥한 편이

남이 내 마음 같을 수 없음을 몇 번의 경험으로 알게 되었고 그로 인한 마음에 생채기가 남아 있다. 꽃차가 아무리 좋다 한들 남편이라는 든든한 지원군이 없었다면 지금 어떻게 되었을지 알 수 없는 일이다.

아니었던 나는 같은 말 반복하는 것을 무척 싫어한다. 만날 술 그만 마셔라, 일찍 퇴근해, 라는 말을 반복해야 하다 보니 어느 순간부터 화가 났고 그 뒤로는 꼭 해야 할 말만 하게 되었다. 그렇게 세월이 흘렀고 어느새 둘 다 50 중반을 넘어섰다.

다행히 요즘은 비교적 대화를 많이 하는 편이다. 이렇게 되기까지 꽃차가 열 일을 했다. 꽃차를 만들기 위해서는 꽃을 구매할 때도 있지만 직접 심기도 하고, 직접 산에 가서 채취하는 꽃도 많다. 가령 생강나무꽃이라든가 진달래꽃, 찔레꽃, 으름덩굴꽃, 아카시나무꽃, 칡꽃, 산국꽃 등등. 매년 꽃이 필 무렵마다 찾는 나만의 아지트가 따로 있다. 산에 꽃을 채취하러 가는 날은 대부분 남편과 동행한다. 시골 태생인 남편도 같이 가는 것을 무척 좋아한다. 봄부터 가을까지 꽃이 피는 주말이면 약속이라도 한 듯 당연히 산으로 향한다.

우리 부부가 주로 가는 산은 김천에 있다. 그곳에서 우리는 철마다 온갖 꽃을 채취한다. 산에 가는 날이면 남편은 즐거운 마음으로 생존 가방을 먼저 챙긴다. 아침 일찍 출발하는 날은 대구를 벗어나기 전 김밥집에 들러 김밥 다섯 줄을 산다. 도심을 벗어나 고속도로에 접어들 때 즈음 조수석에 앉은 나와 운전하는 남편은 두 줄을 먹는다. 칠곡휴게소에 들러 따뜻한 아메리카노 한 잔을 나누어 마시면 카페인까지 채워진 기분에 하늘을 날아갈 정도다. 아이들 이야기와 그동안 서운했던 이야기를 자연스레 나누다가 때로는 시어머니 흉을 봐도 고개를 끄덕여 주었다. 그렇게 우리는 점점 닫혔던 말문을 열어 갔다.

황악산의 한 줄기인 천덕산. 남편이 김천 시내로(중학교를 가기 위해)

유학하기 전까지 나고 자란 고향 마을 뒷산이다. 직지사를 오른쪽으로 두고 완만하게 굽어진 길을 돌아 돌아 올라가면 바람재에 도착한다. 바람재에서 10여 분만 더 산 쪽으로 들어가면 남편이 나고 자란 삼거마을이 있다. 해발 500고지는 충분히 될 법한 삼거마을엔 지금도 여남은 가구가 살고 있고 시아버지 산소도 그곳에 있다. 호두나무가 심어져 있는 제법 넓은 선산이 있는 곳이기도 하다. 마을 주변은 온통 천상의 화원이다. 평소에는 다소 과묵한 남편이지만 그곳으로 향할 때마다 무슨 할 이야기가 그리 많은지. 주로 어린 시절 이야기를 하고 또 하고─학창시절 김천 시내 자취할 때 주말마다 어린 여동생과 20여 리 산길을 걸어서 엄마 보러 갔던 이야기가 대부분이다.─더러는 처음 듣는 이야기도 들려준다. 3남 1녀 중 둘째인 남편은 집에 있을 때나 자취를 할 때나 늘 잔일을 도맡아 했다며 그 시절 무용담을 이야기한다. 어린 여동생은 일요일 오후만 되면 엄마와 떨어지기 싫어서 눈물바람 했다는 이야기까지. 시골에서 나고 자라 비슷한 정서를 가진 나는 남편의 이야기에 공감하는 추임새를 듬뿍 넣고.

도착한 산에는 여지없이 꽃들이 만발했다. 매년 꽃피는 시기를 메모해 뒀다가 맞춰서 가기 때문에 헛걸음하는 일은 별로 없다. 특히 매년 5월 초·중순이 되면 근처에서 아카시꽃, 으름덩굴꽃, 산목련을 채취한다. 싱그러운 5월의 날씨와 맞물려 지상에서 가장 행복한 하루를 보내는 날이다. 두어 시간 꽃을 따다 보면 남편의 배꼽시계가 운다. 끼니 거르는 것을 용납하지 않은 남편은 열 일 제치고 물가에 자리 잡고 앉아 생존 가방을 펼친다. 김밥 세 줄, 방울토마토, 오이 두 개와 물병을 반질반질한

바위에 펼쳐 놓고는 햇빛을 받아 반짝이며 졸졸 흐르는 물소리, 새소리, 바람소리 들으며 만찬을 즐긴다. 후식으로 과일 한 조각과 보온병에 담아간 향긋한 목련꽃차를 한 잔 마셔도 좋고 달달한 캔 커피도 제격이다. 세상에서 가장 평화롭고 행복한 한나절을 우리는 종종 그곳에서 만끽한다. 꽃을 채취하고 집으로 돌아오는 차 안에서도 꽃바구니는 좀체 뒷좌석에 두지 않는다. 나의 무릎 위에 앉혀 놓고 사진도 찍고 잡티도 골라내며 콧노래를 부른다.

7

남편, 꽃을 주는 남자 2

우리는 주말부부다. 근무지가 시군 소재지인 남편이 관사에서 생활
지도 2년이 훨씬 넘었다. 과묵하지만 자상한 남편은 나에게 꽃 선물을
자주 많이 한다. 생일이나 기념일에는 꽃집 주인이 권하는 대로 한 다발
씩 사서 내게 안겨 준다. 산에 간 날은 꽃을 길게 몇 줄기 꺾어 짠! 선물,
하면서 곧잘 건네기도 한다. 작년 여름에는 집에 오는 금요일 저녁이면
어김없이 마리골드 꽃을 한 바구니씩 내게 안겨 주었다. 퇴근 후 40여 분
거리에 있는 시골 – 나의 친정 – 에 들러 틈틈이 농사지어 놓은 꽃을 따서
집으로 퇴근하였다.

내친 김에 남편 자랑 하나 더. 몇 해 전 꽃 농사를 지을 터를 늘 아쉬
워하던 차에 베란다에서 산이 바로 보이는 9층으로 이사를 했다. 13층
옥상에 큰 화분 몇 개를 가져다 놓고 허브(타임, 로즈마리, 애플민트)와 삼색

제비꽃을 심었다. 그 옆에는 스티로폼에 흙을 가득 담아 나팔꽃도 심었다. 나팔꽃은 유통할 수 있는 꽃차는 아니지만 꽃차 색이 하도 예뻐서 매년 조금씩 만든다. 나팔꽃은 아침 일찍 따지 않으면 이내 꽃잎이 오그라들어 꽃차 만들기도 힘들고, 꽃잎이 얇아서 무척이나 까다롭다. 초기에는 별의별 방법을 다 동원했으나 신통치 않았다. 실패를 반복하다 드디어 기가 막힌 방법을 알아냈다. 다만 멀리서 꽃을 따 와야 하는 채취가 제일 문제였다. 그래서 생각해 낸 것이 옥상이었다. 해 뜨기 전 아침에만 딸 수 있으면 몇 포기만 있어도 충분할 터였다. 늦여름 내내 아침마다 피고 또 피는 꽃이기 때문이다. 씨앗 발아는 2층 단독주택에 사는 시어머니께서 해 주셨다. 옥상으로 옮겨온 몇 포기를 남편이 아침마다 물을 주니 어느새 지지대를 칭칭 감고 꽃을 피우기 시작하였다. 주말부부가 되기 전 남편은 이른 아침마다 대나무 채반과 물 한 통을 들고 옥상으로 올라갔다. 나팔꽃 20여 송이를 채반에 가지런히 엎어 놓고는 물을 듬뿍 주었고, 꽃 채반을 내 손에 넘기고는 출근했다. 주말이면 늦잠 자는 내 머리맡에 꽃을 한 채반 가득 따다가 놓아 주는 사람, 내 남편이다.

올 연말이면 남편이 다니던 직장에서 퇴직한다. 그런 남편에게 퇴직하고 나면 본격적으로 꽃을 길러 달라고 부탁했다. 그러마 하고 남편도 허락했다. 시골에 넓은 땅이 있으나 시간이 여의치 않아 제대로 꽃 농사를 짓지 못해 늘 아쉬운 터였다.

나이 50이 되면 하늘의 명을 알게 된다 하여 '지천명(知天命)'이라 한다지. 내가 그 나이가 되니 순리를 믿게 된다. 사람 사이의 관계도 나만 애쓴다고 되는 일이 아니라는 것을 알게 되었고, 아차 하다 놓쳐 버린 분

주말이면 늦잠 자는 내 머리맡에 꽃을 한 채반 가득 따다가 놓아 주는 사람, 내 남편이다. 노후는 큰 욕심 없이 건강 잘 관리하면서 남편과 더불어, 꽃과 꽃차와 함께 사람들과 유유자적하고 싶다.

기점도 다른 뜻이 있을 거라고 금방 받아들이게 되는 나이. 그리고 순간 순간 감사할 것이 너무나 많아지는 나이다. 내 노후는 큰 욕심 없이 건강 잘 관리하면서 남편과 더불어, 꽃과 꽃차와 함께 사람들과 유유자적하고 싶다.

어제 꽃씨 파종하러 시골 갔다가 일찍 핀 매화를 조금 모셔왔다. 베란다에 펼쳐 놓은 매화가 문틈으로 들어오는 바람길을 타고 짙은 향기를 내뿜는다. 지금 이 순간, 행복하고 감사하다.

8

화양연화 보던 밤에 생긴 일

나는 분명 꿈을 꾸고 있었다. 꿈속에서 큰아들 정현이가 다급히 나를 깨웠다. 엄마! 일어나세요! 얼른 일어나세요. 구름인 듯 안개인 듯 눈앞이 자욱했다. 여기가 천상인가. 내가 하늘나라에 온 걸까.

비몽사몽간에 눈을 뜨니 뿌연 연기와 매캐한 냄새로 온 집안이 뒤덮여있다. 정신이 번쩍 들었다. 꿈이 아니고 현실이었다. 불이다, 불! 거실에 꽂아 둔 전기 팬에서 연기가 나고 있었고 금방이라도 불꽃이 필 것 같은 순간이었다. 창문을 열어젖히고 선풍기에 손부채까지 꺼낸 정현이는 연기를 바깥으로 내보내느라 분주하게 움직였다. 정현이는 그 와중에도 아직 정신을 못 차리고 "어떡하지."만 연발하는 나에게 물에 적신 수건을 건네주며 입부터 막으라고 일러 주었다. 화요일 저녁 자정이 가까운 시간에 둘만 사는 우리 집에서 일어난 소동이다. 하마터면 뉴스에 나올 뻔했다. 고층 아파트에 불길이 치솟고 소방차가 출동하여 화재를 진압하는 아수라장. TV에서나 봄직한 그런 일이 나에게도 충분히 일어날 수 있다니. 아찔한 순간이었다. 다행인 것은 팬 위에서 연기를 냈던 채반과 꽃이 화학물질이 아니었다는 것이다. 대나무 재질의 채반과 꽃이다 보니 유독가스가 나오지 않았던 것이고. 정현이도 나를 살렸고 꽃도 나를 살렸다.

꿈속인 줄 알고 맡은 연기 냄새가 아직 집안 곳곳에 짙게 남아 있는 것 빼고는 한 시간 여 소동 뒤의 집은 다시 평온해졌다. 그런데 목련꽃 100여 송이 중 절반이 대나무 채반과 함께 새까맣게 타 버렸다. 나머지 절반도 탄내가 진하게 배어서 못 쓰게 생겼다. 이틀 밤낮 정성을 쏟았고 거의 꽃차가 완성되어 갈 즈음이었는데. 노랑에 가까운 꽃 – 하얀 목련이 꽃차가 되면 노란색이 된다. – 이 까맣게 바뀌었고 향긋하던 꽃향기는 고약한 냄새가 되어 지금 내 눈앞에 누워 있다. 한순간의 사소한 실수로 시커멓게 변해 버린 꽃을 보고 있자니 속에서 화가 올라온다. 시간을 되돌릴 수도 없는 노릇이다. 100송이가 아까워 미칠 지경이다. 꽃에게도 미안하다.

비슷한 일이 벌써 세 번째다. 어느 해 토요일이었다. 꽃차 공부를 더 하기 위하여 한 달에 한 번씩 담양에 다녀오던 때였다. 꽃차를 알아 가는 것이 지금보다 몇 배는 더 신기하고 즐거운 시절이었기에 내 운전 솜씨로 가는 데만 2시간 30분은 족히 걸리는 담양을 그리운 친정 가듯 다녀오곤 하였다. 그날도 이른 아침에 집을 나섰고 저녁 무렵에 집에 도착했다. 현관에 들어서자 분명히 무언가 타는 냄새가 나는데 식구들은 아무도 모르고 있었다. 느낌이 이상하여 급히 전기 팬 뚜껑을 열어 보니 아침에 나갈 때 올려 두었던 겨우살이차가 밑부분은 이미 거무스름하게 변해 있었고 겨우 위에만 자기 색을 가지고 있었다. 아침에 나갈 때 전기가 꽂혀 있으니 조심해 달라고 부탁했는데. 분명히 그랬는데(……) 정황을 들어 보니 오후 늦게쯤 청소기를 돌리면서 콘센트에 꽂은 전깃줄이 온도 조절기를 건드렸다. 하필이면 시계 방향으로 돌아가 온도가 살짝 올라가게 되었고 시간이 지나면서 서서히 타기 시작한 것이다. 담양을 다녀오기 위해 밤늦도록 덖고 식히고를 몇 번이나 반복하였고 마지막으로 제일 낮은 온도에 하루만 펼쳐 두면 차가 완성될 터였는데. 다듬고 씻어서 덖기까지 며칠간의 수고가 허사가 되는 순간이었다. 타 버린 차를 앞에 놓고 퍼질러 앉아 체면 불구하고 통곡했다. 까맣게 타 버린 차를 버리지도 못하고 몇 년 동안 보관했더랬다.

그 후로 한참 동안은 이런 일이 없었다. 그런데 몇 달 전 어느 날 외출 후 집에 돌아와 보니 비슷한 일이 벌어졌고 이미 상황은 종료된 상태였다. 시커멓게 타다 만 채반 위의 꽃은 물세례를 받고 화장실 바닥에 널브러져 있었다. 다소 높았던 온도를 점검하지 않은 채 외출한 나의 탓이었다. 나는 정현이의 강력한 원망을 온몸으로 맞아야 했다. 그러고 보니 이번에도 그랬다. 엄마의 부주의한 실수로 큰일이 벌어질 뻔했던 아찔한 상황을 두 번이나 정현이가 수습해 주었다.

일이 벌어지기 세 시간 전, 보고 싶은 영화가 있어 휴대폰 앱을 열었다. 99분짜리 영화를 보기 위해 소파에 단단히 자리를 틀고 앉았다. 요즘 인기리에 팔린다는 등받이 의자도 받쳐 놓고 담요도 한 장 옆에 놓아두었다. 영화가 생각보다 지리멸렬하게 진행되는 바람에 이따금씩 눈꺼풀이 무거워졌다. 아예 자리를 옮겨서 편안한 자세로 영화를 보던 나는 스르르 잠이 들었다. 그리고는 두어 시간이 흘렀나 보다. 문을 닫은 채 자기 방에 있던 정현이가 이상한 낌새를 알아차렸을 때는 나는 벌써 깊은 잠에 빠진 상태였다. 매캐한 냄새마저 시골에서 맡던 익숙한 짚불 연기인 줄 알았고, 그것이 꿈속인 줄로만 알았다.

편한 자세로 영화를 보겠다고 자리를 옮길 때 소파 옆 전기 팬의 온도 조절기를 건드린 모양이었다. 시계 방향으로 돌아간 조절기가 또 문제를 일으킨 것이다. 하필이면 또 온도가 높아지는 쪽으로 돌아가다니! 어느 때 같았으면 새벽 2시는 넘어야 잠자리에 들었을 텐데 하필이면 오늘 일찍 잠에 빠지다니. 꽃을 다듬느라 전날 밤을 하얗게 새웠고 아침 6시가 되어서야 잠자리에 드는 바람에 몸이 피곤했나 보다. 그러고는 세 시간 남짓 자고 일어나 다시 분주한 하루를 보냈으니 잠이 고플 만도 했을 터. 그럼에도 감각이 둔해져서 벌어진 실수라고 생각하니 속이 상했다. 어렵사리 구해 온 꽃으로 이틀 낮과 밤을 새워 가며 만든 꽃차였다. 한순간 나의 부주의로 까만 주검으로 만들어 버리다니. 그것도 100송이나.

그나저나 이 사단의 화근이 된 영화는 양조위와 장만옥이 주연한 「화양연화」였다. 나는 영화를 즐겨 보는 편이 아니다. 필요에 의해서 선택적으로 보곤 한다. 「화양연화」는 제목에 이끌려서 어떤 스토리인지 궁금해진 영화다. 과연 어떤 때를 '화양연화(花樣年華)'라고 말하는지 궁금하였다. 그런데 연기가 치솟는 것도 모른 채 깊은 잠에 빠지게 할 만큼 지

어렵사리 구해 온 꽃으로 이틀 낮과 밤을 새워 가며 만든 꽃차가 한순간의 부주의로 인해 까만 주검이 되어 버렸다. 그것도 100송이나.

루한 – 당시엔 무척 지루했으나 지금 생각하니 긴 여운이 남는다. – 영화였다. 불륜과 사랑 사이를 결정하기에는 다소 어려웠지만 선을 넘지 않으려고 절제하는 인물의 감정선이 지금 이 시대의 사랑관과 대비되었다. 그러고 보니 냇 킹 콜의 노래도 아련했고, 장만옥의 늘씬한 몸매를 빛내 준(몇 벌을 바꿔 입고 나온 건지 궁금한) 치파오도 한 번 쯤 입어 보고 싶어졌다. 사실 여주인공 장만옥이 자주 들고 다녔던 국수통에 담긴 음식이 완탕면이란 사실도 나중에야 알았다. 나는 완탕면을 먹어 본 적도 없다. 영화에 문외한이라 어떻게 느낌을 전달해야 할지 모르겠으나, 그럼에도 불구하고 「화양연화」를 보던 밤, 사단이 났다는 것만큼은 확실했다.

인생에서 가장 행복하고 아름다운 순간, 그러니까 살아가면서 누구에겐들 화양연화가 없었을까. 한 가지만 꼽으라면 글쎄. 누구나 살아오면서 화양연화였던 순간이 여러 번 있었을 것이다. 가령 사랑하는 사람과 결혼하던 순간, 첫아이가 태어난 순간, 이런 날이 아니더라도 간절히 바라던 그 무엇이 이루어지던 순간, 또 열정이 불타오르는 일을 하는 그 순간이 화양연화가 아닐까. 나는 화양연화를 다른 말로 '열정의 전성기'라 표현하고 싶다.

꽃차에 발을 들여놓고 얼마 지나지 않았을 때, 그때는 정말 열정이 넘쳤다. 일주일에 하루쯤 서울, 대전, 담양을 오가는 일은 예삿일이었다. 힘들다고 느끼기는커녕 신나는 일이었다. 프리랜서 강사를 겸임하면서도 말이다. 해가 뉘엿뉘엿 넘어가는 초겨울의 오후 5시경, 나는 청주로 핸들을 돌렸었다. 사람들은 하루를 마무리하고 집으로, 집으로 휴식을 위하여 찾아드는 시간에. 경부고속도로와 중부내륙 고속도로를 갈아타며 두 시간 넘게 걸리는 청주에 7시쯤 도착하여 덖음차를 배웠다. 9시가 넘어서 다시 출발하여 집에 도착하면 자정에 가까웠다. 누가 시켜서는 절대로 못할 일이었다. 그렇게 몇 달이나 청주행을 반복했다. 어쩌면 그 시절이 나의 꽃차 인생에서 전성기가 아니었을까.

청춘이란 인생의 어떠한 시기가 아니라 마음가짐을 뜻하나니 / ⋯(중략) / 때로는 스무 살 청년보다 예순 살 노인이 더 청춘일 수 있네 / ⋯(중략) / 영감이 끊기고 정신이 냉소의 눈에 덮이고 / 비탄의 얼음에 갇힐 때 / 그대는 스무 살이라도 늙은이가 되네. / 그러나 머리를 높이 들고 희망의 물결이 붙잡는 한 / 그대는 여든 살이어도 늘 푸른 청춘이라네.
 ─ 사무엘 울만, 「청춘」

사건 하루 전날에는 꽃을 꽃방 한가득 펼쳐 놓고선 구입한 꽃이 상처가 났네, 비싸네, 하며 불만과 핑계를 늘어놓았다. 그러다가 끝내 이 사달이 난 것이고. 꽃차는 정성이 8할인데 부주의로 일어난 실수마저 열정이 식고 매너리즘에 빠졌기 때문이 아닌가 자학하게 된다. 꽃차랑의 화양연화는 지나가고 있는가.

소파에 멍하니 앉아 있는 나를 보고 정현이가 뭐하고 있냐고 한마디 던졌다. 반성문을 쓰고 있다고 둘러댔다.

9

나비효과

내 주위에는 특별한 재주를 가진 사람이 많다. 일본어 통역사 권 선생, 커피를 맛있게 내리는 이 대표, 팬플루트를 눈물 나도록 부는 손 선생, 타로점을 재미있게 봐 주는 정 교수, 낭랑한 목소리로 시 낭송을 하는 이 소장, 골프를 잘 치는 고향 선배, 하다못해 주식 매매를 기막히게 해서 쏠쏠한 재미를 보는 여고 동창 등. 저마다 한 가지 재주는 뽐내는데 나만 이렇다 할 재능이 없어 종종 애가 탔다. 적어도 꽃차를 만나기 전까지는 말이다. 은행원과 프리랜서 강사 20여 년 동안 직무에 충실한 것이 특별한 재능이라고 생각한 적은 없었다. 내 나이 쉰 하고도 다섯이다. 마흔 중반을 넘겨 우연한 기회에 꽃차를 만났고, 미친 듯이 빠져들었으며 지금은 운명이 되었다. "꽃차와 참 잘 어울려요."라는 칭찬을 들을 때는 몸들 바를 모르게 황홀하다. 어느새 나도 '다워'진 모양이다. 그럴수록 더 겸손해지리라 다짐하곤 했다.

3년 전쯤 어느 날. 텔레비전에도 몇 번 출연하여 자신의 일상을 공개했던 한 여인이 나를 만나러 왔다. 그녀는 얼굴 전체에 안면장애와 모반을 가지고 태어났고, 부모에게서 버려졌으며, 보육원에서 자랐다. 외모에 대한 차가운 시선과 편견을 감사와 초긍정의 힘으로 극복하였고 지금은 많은 사람들에게 동기부여와 감동을 전파하는 힐링 강사로 활동하고 있다. 서로 다른 곳에서 팬플루트를 배우던 그녀와 나는 연주회장에서 나란히 앉는 바람에 통성명을 하게 되었고 연락처를 건넸다. 그녀의 방문은 두 번째 만남이었다. TV 강연 이후, 이름만 대면 다 아는 유명 여배우가 자신에게 만나자고 연락해 왔다고 했다. 미국에 거주하던 여배우가 자신과 두 딸을 초청했는데 보답의 선물로 꽃차를 가져가고 싶다고 했다. 그녀가 나를 찾은 이유였다.

굳이 값을 치르겠다는 그녀의 청을 마다하고 정성 한 움큼 더 넣은 꽃차와 유리그릇을 정성껏 포장해 주었다. 얼마 지나 그녀는 미국을 다녀왔다. 꽃차 선물을 무척 좋아하더라는 말과 조만간 다시 나를 방문하여 (여배우의) 작은 선물을 전해 주마 했다. 서로 시간이 잘 맞지 않아 세 번째 만남은 아직 이루어지지 않았다. 그녀를 초청했던 여배우는 미국 생활을 접고 국내에 들어와 미니멀리스트로서 유명인의 집을 깔끔하게 정리해 주는 TV 프로그램을 진행하고 있다. 나의 꽃차를 유명 배우가 마시다니!

또 다른 에피소드 하나. 자그마한 나비 한 마리의 날갯짓이 대한해협을 날아 일본 도쿄에 도착했고, 다시 나비 떼를 몰고 바다를 건너왔다.

그러니까 2019년 5월 중순, 20평 남짓한 나의 꽃차 교육 공간은 체험을 하러 온 사람들로 가득 차 발 디딜 틈 없었다. 나의 꽃차 문하생들도 도움이 되기 위해 함께했다. 구청 관계자, 통역사, 여행사 직원, 꽃차 체험을 하기 위하여 모인 일본 관광객 열댓 명까지, 그야말로 문전성시였다. 교육원을 열고 처음 접하는 광경이었다.

이런 풍경은 우연한 일로 시작되었다. 안양에 사는 홍 선생. 나보다 열 살쯤 많은 60대 중후반 나이에도 불구하고 왕성한 사회활동을 하는 분이다. 홍 선생과의 첫 만남도 꽃차가 가교다. 처음 내가 꽃차를 배우러 대전으로 서울로 다니던 무렵, 안양에 살던 그녀는 나보다 조금 일찍 꽃차를 배우기 시작하였다. 한 스승 밑에서 배우다 보니 행사가 열리는 장소에 자연스레 모이게 되어 첫인사를 나누게 되었다. 꽃차가 본업이 된 나와는 달리 홍 선생은 꽃차가 어떤 것인지 호기심에 입문하였고 이내 본업으로 돌아갔다. 인연이란 게 그렇듯 똑같은 만남도 누구는 스쳐 지나가고 또 어떤 사람은 계속 서로에게 관심을 표시하며 연결을 이어 가고 정이 들어간다. 가끔씩 만나면 나의 건강을 많이 염려해 주었고 본인이 홍보하는 제품의 샘플도 듬뿍듬뿍 선물했다. 만날 때마다 인생에 자양분이 되는 좋은 이야기를 가득 안겨 주는 그녀가 고마웠다.

한 번은 카페에서 커피를 마시며 꽃차 이야기를 이어 가게 되었다. 꽃차를 좋아하지만 본업에 바쁘다 보니 제일 좋아하는 목련꽃차 만들시기도 놓치고 이래저래 꽃차 맛을 볼 수 없어서 아쉽다는 얘기를 했다. 며칠 후 나는 꽃차 몇 종류를 챙겨 그녀에게 보냈다. 고맙다는 말과 함께 일본에 사는 딸에게 일부를 주었더니 좋아하더라는 말을 나중에 들을 수 있었다.

어느 날 내가 사는 관할구청(대구시 수성구청) 관광과 담당 공무원에게서 전화를 받았다. 일본인 관광객 대상으로 꽃차 체험이 가능한지를 물어왔다. 도쿄에 거주하는 한 여성에게서 연락이 왔고, 꽃차 체험 관광을 하고 싶다고 했으며, 장소는 반드시 대구의 꽃차랑이어야만 한다는 것. 무슨 영문인지는 모르겠으나 가슴 설레는 일은 분명했다. 꽃차 교육과 체험 공간으로 꾸며 놓았지만 체험 수요는 전무했고 자격증 교육 위주로 운영해 온 상황이라 약간 두렵기도 하고 한편 설레기도 하였다. 게다가 일본인이라니. 그 일이 있고 얼마 지나지 않아 '에미코 우메다'라는 일본 여성과 여행사 직원이 꽃차랑을 방문했다. 노란 국화가 한창 색과 향기를 내뿜는 가을 어느 날이었다. 우메다 상은 수성구청에 체험을 의뢰한 사람이었고, 체험단 방문 전 사전 답사였다. 그 일이 있고 난 이듬해 이른 봄, 그녀가 다시 찾아왔다. 그날 우리는 차로 왕복 대여섯 시간 걸리는 담양을 여행했다. 자동차 안에서 이런저런 이야기를 나누며 온종일을 함께했다. 중간에 지리산휴게소에 내려 따뜻한 차와 치즈도 먹으면서 서툰 소통을 시작했다. 꽃차에 상당히 관심이 많음을 우메다 상에게서 느꼈다. 그녀가 한국말을 제법 할 줄 알았기에 우리의 대화는 크게 어렵지 않았다. 목련꽃이 막 꽃망울을 터트리던 계절이었다.

이른 아침부터 시작한 둘의 여행은 저녁이 다 되어서 끝이 났다. 대구 시내에 있는 교보문고 로비에서 그녀와 헤어지며 담양에서 가져온 솜털이 벗겨지지 않은 하얀 목련 여남은 송이를 덜어서 그녀에게 주었다. 하얀 손수건으로 소중히 꽃을 감쌌던 그녀가 이튿날 도쿄에 도착했다는 기별을 받았다. 며칠 후 내가 알려 준 대로 목련꽃차를 만든 사진을 보내 왔는데, 꽃차 중 제일 만들기 까다로운 꽃인데도 기막히게 색을 잘 낸 듯했다. 칭찬을 아끼지 않았다.

그리고는 얼마 후 5월, 우메다 상은 체험단을 꾸려 꽃차랑을 방문했다. 이 일을 계기로 꽃차랑은 일본인들의 꽃차 체험 코스가 되었다. 축소 지향의 일본인들. 작고 아기자기한 꽃차를 마셔 보고 눈으로 손으로 체험해 보는 일들이 자기네 정서와 맞고 제법 흥미로웠나 보다. 체험하는 내내 "스고이! 오이시! 키레!" 하며 좋아했다.

에미코 우메다. 도쿄에 사는 그녀는 국제약선사이며 한방차 전문가이자 강사다. 서울 경동시장, 인사동거리는 한눈에 꿰차고 있으며, 대구도 약전골목 등을 수십 차례 오가며 한국 차를 연구하는 사람이다. 그런 그녀에게 한국의 꽃차가 눈에 들어왔던 것이고.

이야기는 다시 2018년으로 돌아간다. 나에게서 꽃차를 전해 받은 홍 선생은 그 꽃차를 일본에 거주하는 딸에게 마셔 보라고 전해 주었고, 딸은 다시 자랑 삼아 평소 알고 지내던 우메다 상에게 꽃차를 선물한 모양이었다. 평소 한국차에 관심이 많았던 우메다 상은 꽃차의 출처를 알게 되었고, 수성구청 관광과로 전화하여 체험 의사를 밝힌 것. 본격적 체험단 인솔에 앞서 본인이 먼저 현장을 답사하고, 그 뒤 한 차례 나와 여행하였으며 5월에 체험단을 꾸리게 된 것이다.

지인에게 건네준 작은 꽃차 선물이 우연찮게 바다를 건너가게 되고 엄청나게 큰 선물이 되어 다시 내게로 왔다. 일본의 민간단체 초청으로 꽃차 강연을 하러 오사카를 다녀온 것도 결국 단초는 한곳에서 출발한다. 세상 모든 일 진심으로 대할 일이다. 나비의 작은 날갯짓이 큰 태풍도 만든다는 나비효과. 꽃차를 하면서 경험하는 일들에서 세상을 배운다.

며칠 전 내 SNS 계정에 댓글 하나가 달렸다. '너무 좋다 5년 전 타향살이 너무 힘들 때 EMS로 보내 주신 꽃차 감사합니다 고맙습니다 새해 꼭 복 아자'

당시 이민 간 지 얼마 되지 않았던 대학원 동문에게 고향의 마음으로 꽃차를 몇 가지 보냈더랬다. 마음 내켜서 보내 준 건데 무척 고마웠나 보다. 아직 기억하고 있으니 말이다.

10

꽃차, 일본을 가다

모기가 흘린 눈물의 바다 위에 배를 띄우고 노 젓는 사공의 가는
팔이여.

누가 지은 건지는 잘 모르지만 축소 지향의 일본을 잘 나타내는 하
이쿠이다. 짧기도 하거니와 모기가 흘린 눈물에 배를 띄우다니.

2016년 10월 말경, 나를 포함하여 꽃차를 하는 동호인 15명은 3박
4일 일정으로 일본 '차 문화기행'을 위해 짐을 꾸렸다. 나리타 공항에 도
착하여 250km나 되는 거리를 4시간 동안 달려 시즈오카(일본 녹차 생산
의 40%를 차지하는 곳)에 도착하였다. 일본 하면 떠올리는 후지산을 가까이
두고도 달리는 차 안에서만 구경할 수밖에 없는 것이 아쉬웠다. 첫날 묵
은 호텔에서부터 말로만 들었던 축소 지향의 일본을 체감할 수 있었다.

세면대에서 허리를 굽히면 엉덩이가 자동으로 문을 열었다.

시즈오카 컨벤션센터에서 개최된 '2016년 세계오차축제'. 우리나라의 차 박람회와는 사뭇 다른 풍경이었다. 소박하고 실리적인 오프닝 행사도 인상적이었거니와 박람회장은 최소한의 차 도구를 제외하고는 오롯이 다양한 녹차가 주인공이었다. 관람을 마친 후 우리는 시즈오카 현의 대표적 녹차 전문 시설인 그린피아 마키노하라의 넓은 차밭을 탐방했다. 아주 오래된 차 제조기도 보았으며 150년이나 된 고차수도 구경했다. 차로 만든 다양한 제품을 시음하거나 구입하였다. 무엇보다 탁 트인 초록 차밭에 내가 있다는 사실만으로도 힐링이 되었다.

이틀 동안의 시즈오카 일정을 마무리하고 200km를 달려 도쿄로 이동하였다. 중간에 교쿠로 노 사토(옥로차의 마을)에 들러 유카타와 다도 체험을 하였다. 말차를 격불해 보고 기모노를 입어 보기도 했다. 도쿄에 도착한 우리는 홍차를 맛보기 위해 긴자거리에 있는 정통 홍차 카페인 마리아주 프레르 ─ 1854년 탄생한 프랑스 최초의 홍차 회사로, 전 세계에 티룸을 열고 있다. ─ 를 방문했다. 다양한 홍차를 주문하여 맛보았으나 무슨 차를 마셨는지 차 이름이 가물가물하다. 왁자지껄한 우리 일행을 힐긋힐긋 보는 듯한 현지인들의 시선에 더 신경이 쓰였기 때문이다. 생각해 보니 여행 내내 은근히 그들을 의식했다.

동경도청 근처에 위치한 호텔에 하룻밤 묵었던 우리는 공항으로 출발하기 전에 잠시 주변을 둘러 볼 기회가 있었다. 2020년 하계올림픽 붐을 위해 조성된 각종 상징물들이 눈에 많이 띄었다.

전국에서 모인 일행은 귀국하여 각자 돌아가는 길 위에서 수고한 서로에게 보내는 고마움을 SNS 메신저로 주고받았다. '땅에 떨어진 내 모습이 추한 것이 아니라 모두에게 내일을 준비하라는 메시지인 것을.' 지는 꽃이 한 말이라는 김 선배의 글이 아직도 기억에 남아 있다.

그로부터 3년 뒤에 꽃차가 인연이 되어 다시 한 번 일본에 가게 되었다. 꽃차랑 교육원에 일본인 체험객의 발길이 잦았던 그해. 2019년 11월, 사단법인 한일가교협회 – 협회장 박수미 상, '카나이 상'으로 불리는 그녀는 한국 국적의 재일교포 3세다. – 의 초청을 받아서다. 수성구청의 주선으로 여러 차례 나의 교육원을 다녀간 그들이 좀 더 많은 현지인에게 한국 꽃차를 소개해 주고 싶다는 취지로 세미나를 제안한 것이다. 일정이 확정되고 출국할 날이 다가오자 챙겨야 할 짐이 만만치 않았다. 당일 있을 진행 순서를 시뮬레이션하며 꼼꼼하게 짐을 꾸렸다. 꽃차는 물론이고 곁들여 먹을 다식과 채반까지 챙기다 보니 누가 보면 9박 10일쯤 유럽 여행 가는 줄 알 정도로 짐 가방이 커졌다. 통역을 맡은 권 선생도 동행했다. 일본인 체험객의 통역을 맡으면서 인연이 닿은 그녀는 꽃차 전문가 자격증을 취득한 사람이다. 무엇보다 7년 동안 일본에 거주한 경험이 있기에 일본인들과 의사소통에 디테일한 부분까지 책임을 져 주었다. 그녀의 동행으로 일본행의 걱정은 한시름 놓을 수 있었다.

반일 감정이 고조되어 일본 직항노선이 많이 축소된 상황이었음에도 김해로 이동하지 않고 대구공항에서 비행기에 탑승한 건 다행스런 일이었다. 간사이국제공항까지는 자동차로 대구에서 대전까지 가는 정도의 시간이 소요되었다. 간사이국제공항에 도착하니 카나이 상이 마중을 나왔다. 신오사카에 도착하여 자그마한 식당에서 인도식 커리와 난으로 첫 식사를 하고 난 뒤 짜이를 마셨다. 짐을 푼 호텔은 역시나 세수할 때 엉덩이가 문 밖으로 나올 만한 면적이었다. 일본 문화를 이해하지 못했다면 초청해 놓고 대접이 소홀했다며 불평했을 터였다. 사실 약간의 속내를 내비치긴 했다. 손님이 부담을 느끼지 않도록 배려하는 그들의 문화와, 섭섭할까 염려하여 융숭한 대접을 하는 우리의 문화 차이, 이제는 이해할 수 있다.

시간 여유가 생기자 권 선생과 나는 호텔 로비에 근무하는 한국인 여직원의 추천을 받아 인근의 신오사카 역을 둘러보기로 했다. 한창 수학여행 시즌이었던지 역 앞 널찍한 장소에는 교복을 입은 학생들이 아주 많이 있었다. 40년 전 내가 중학교 수학여행 갔을 때의 풍경이 겹쳐질 만큼 통솔하는 선생님의 목소리가 학생들에게 먹히고 있었고, 명령에 따라 일렬로 줄을 맞춘 채 시멘트 바닥에 그대로 앉아 대기하고 있는 광경이 신기할 정도였다. 요즘 우리나라 학생들 모습과는 사뭇 달랐다.

저녁에는 카나이 상의 초대를 받았다. 우리는 이자카야에서 일본식 요리에 생맥주도 한 잔 했다. 여리여리한 모습의 일본 여성인 아오시마 상도 동석하였다. 나의 교육원에 두 번이나 다녀간 그녀는 지금도 꽃차에 대한 관심이 대단하다. 야스이 상도 함께했다. 교육원에 다녀간 적도 있거니와 통역하는 권 선생과도 예전부터 친분이 있는 사이다. 고향이 경북 구미라고 했다.

이튿날, 호텔 바로 인근에 위치한 세미나장에 일찌감치 도착하여 준비를 마쳤다. 시작하기 직전에 컴퓨터 연결이 원활치 않아 잠깐 당황했지만 다행히 잘 복구되었다. 지하철로 한 시간도 더 걸리는 거리에서 기꺼이 달려와 준 애미 상. 야스이 상도 세미나에 참석해 주었다. 애미 상은 집에서 직접 기른 여러 가지 허브를 키친타월에 곱게 싸서 들고 왔다. 초록 허브가 그날 아이스꽃차를 장식하는 데 열일 했다. 지금 생각해도 고마운 일이다. (일본 세미나를 다녀오고 얼마 후 애미 상이 대구를 찾았다. 남편과 동행했는데, 우리는 삼겹살에 맥주를 마셨고, 카페에서 담소도 나눴다.)

일본인지 우리나라인지 느끼지 못할 만큼 편안한 분위기 속에서 두 시간의 강연이 시작되었다. 아마 통역사 권 선생, 카나이 상, 야스이 상에게서 느껴지는 친밀감이 나를 편하게 해 준 듯했다. 비록 작은 몸짓이지만 나는 한국의 꽃차 문화를 전달하는 가교라고 생각하고 말 한 마디 표정 하나에도 신경을 썼다. 먼저 수성구청 홍보 영상을 상영하고, 꽃차에 대한 시각적인 자료를 프레젠테이션한 다음 그들이 그렇게 관심을 보이는 꽃차를 선보였다. 오이시, 스고이, 키레. 내가 꽃차를 하면서 제일 많이 들었던 감탄사들. 그들이 고맙다. 고맙습니다.

무거운 짐 가방에도 불구하고 굳이 어깨에 메고 간 팬플루트로 찔레꽃을 연주했다. 엄마 일 가는 길에 하얀 찔레꽃, 찔레꽃 하얀 잎은 맛도 좋지……. 음악은 세계 공통어라고 했던가. 가사를 알 리 없는 그들과 정서적으로 교감하기에 모자람이 없었다. 카나이 상의 붉어진 눈가도 볼 수 있었다.

새콤달콤한 꽃차 에이드를 시연했을 때의 반응은 놀라웠다. 알록달록한 천연의 색깔까지 더하니 기꺼이 그들의 표현 방식으로 감탄해 주었다. 지금도 교육원 한쪽 벽에는 그날 참석자들이 써 준 감사의 메시지가 가득 붙어 있다. 가끔씩 그날을 회상하며 미소 짓곤 한다. 다행히 첫

일본인지 우리나라인지 느끼지 못할 만큼 편안한 분위기 속에서, 나는 한국의 꽃차 문화를 전달하는 가교라고 생각하고 말 한 마디 표정 하나에도 신경을 썼다.

일본 세미나는 인기리에 마무리되었다. 집에 돌아오니 그제야 발바닥이 따가운 것을 느꼈다. 이미지에 신경 쓰느라 굽이 8cm나 되는 하이힐을 신고 일본을 다녀왔으니.

이듬해 4월(2020년)에는 본격적으로 일본 현지에서 꽃차 강좌를 열기로 예정되어 있었다. 비행기 표에 숙박할 호텔까지 카나이 상 측에서 일찌감치 예약했으나 2월에 불거진 코로나로 전면 취소되어 계획은 자연히 잠정 연기되었다. 어쩌겠나. 순리에 따라야지. 대신 호시탐탐 세상이 평화로워질 그날을 기다리며 가끔씩 수성구청 관계자의 주선으로 비대면(줌)으로 이벤트를 진행하고 있다. 신년회도 그렇게 했고, 6월에도 예정에 있다. 세상이 시시각각으로 변하니 욕심내서 될 일도 아닌 것을 안다.

전생에 일본과 무슨 인연이 있었는지 모르겠으나 일본으로 차 문화 기행을 다녀온 이후 꽃차 교육에 매진한 결과 현지 초청으로 강연의 기회도 맛보았다. 작고 앙증맞은 꽃차가 그들을 매료시켰기 때문이리라. 상냥하고 친절한 그들은 오늘도 나의 SNS 계정에 좋아요, 를 눌러 주고 있다. 꽃차에 대한 희망과 계획으로 잠을 설쳤던 시즈오카의 호텔방, 미래를 긁적이던 그날의 흔적을 지금도 간직하고 있다.

시즈오카 새벽세시 아직까지 말똥말똥
카페인이 아닌갑네 다른이유 있는갑네
그이유가 무엇인가 나는아네 알고말고
이십에만 꿈이있나 삼십에만 꿈이있나

오십에도 꿈 있다네 이루고픈 꿈 있다네
그꿈 대체 뭔고하니 꽃차터전 그것일세
햇빛좋은 일층에다 따순공간 꾸며놓고
꽃다듬고 꽃우리고 꽃이야기 꽃피우자
시즈오카 새벽세시 꽃생각에 말똥말똥.

시간이 흘렀고, 나는 지금 창이 넓은 나의 공간 꽃차랑에서 꽃 수다
로 하루가 짧은 쉰 중년의 한가운데를 건너고 있는 중이다.

11

일본행 그 후, 일일시호일

'나무는 가만히 있고자 하나 바람이 와서 가지를 자꾸 흔들었다.'

에도시대의 하이쿠에서 이미 초정밀 나노 기술의 냄새가 짙었던 일본. 그러한 민족 정서가 꽃차와도 통하는 것인지 요즘 꽃차에 대한 일본인의 관심이 점점 뜨거워지고 있다. 처음 꽃차랑을 방문했던 체험객들의 리액션을 나는 단지 예의 바른 추임새로 생각했다. 코로나로 국제적인 문화 교류가 주춤하는 지금도 끊임없이 러브콜을 던져 오고 있는 것을 보면 한국 꽃차에 흥미를 가지는 마니아들이 늘고 있다는 것을 알 수 있다. 많은 부분에서 우리나라보다 앞서가는 일본도 꽃차는 아직 저변이 제한적인 모양이다.

바닷길과 하늘길이 한산하던 2021년 3월, 한일가교협회의 대표인 카나이 상에게서 만나고 싶다는 연락이 왔다. 우리나라로 시집온 딸의 출산 바라지를 위해 보름 전 입국한 그녀는 구청과 사돈이 배달해 주는 음식을 먹으며 2주간의 자가격리를 잘 마쳤다. 예쁜 손녀딸이 태어났다는 그녀의 전화 목소리는 상기되어 있었다. 약속 장소로 가기 전 백화점에 들러 모자가 딸린 노란색 아기 내복을 한 벌 준비했다.

약전골목 안에 위치한 커피숍에서 권 선생과 나는 카나이 상과 1년 6개월 만에 해후하였다. 오사카에 세미나를 다녀온 이후 첫 만남이었다. 손녀 출산을 축하하며 선물을 건네니 그녀도 준비해 온 일본 과자를 우리에게 주었다. 안 먹으면 섭섭하다고 소문이 자자한 그 집의 딸기 조각 케익과 아메리카노를 시켜 놓고 세 시간 넘게 조용할 틈 없이 수다를 떨었다. 그동안 나누지 못했던 이야기들이 얼마나 많았던지. 석 달 간격으로 친정 부모를 여의었다는 말을 할 땐 눈시울이 붉어지기도 했고, 새로 태어난 손녀 이야기를 하며 소녀같이 들뜬 카나이 상이 어느 순간 언니처럼 친숙하게 다가왔다. 7년간의 일본 생활에서 익숙해진 문화가 통역을 할 때 진가를 발휘한다는 권 선생의 에피소드도 재미가 쏠쏠했다. 어느새 우린 삼총사가 된 느낌이 들 정도였다.

우리는 일에 대한 계획으로 이야기를 이어 갔다. 예정대로 진행되었더라면 작년에 계절마다 한 번씩 오사카를 다녀왔을 그 일. 갑작스럽게 혼돈의 봄을 맞이한 2020년, 못다 한 아쉬움을 흐드러진 벚꽃 길을 배경으로 영상을 찍어서 전하기도 했다. 카나이 상은 여전히 달라지지 않는 상황을 조금이나마 해결하고자 온라인 강좌를 제안해 왔다. 꽃차 수업은 꽃을 직접 매만지며 얼굴을 맞대고 소통해야 한다. 하지만 화면을 통해서라도 수업을 받고 싶어 하는 회원들이 여럿 있다고 하니 난감하기 짝이 없는 노릇이었다. 구체적으로 계획을 짜서 진행해 보기로 하였다.

코로나로 하늘길이 막히는 바람에 오매불망 애태우는 또 한 사람 있었다. 도쿄에 거주하는 에미코 우메다 상. 꽃차로 나에게 날갯짓을 한 첫 인연이다. 국제 약선지도사인 그녀는 한방차(韓方茶)와 약선차(藥線茶)를 가르치는 선생이기 때문에 꽃차도 진즉부터 관심이 많았다. 2019년 5월, 꽃차랑 교육원을 체험객으로 발 디딜 틈 없이 꽉 채워 준 것도 우메다 상이었다. 그 후에도 몇 번이나 일행을 이끌고 와서 일일 클래스에 참석한 그녀였다. 하여 이듬해 2월에 꽃차 자격증 취득을 위하여 한국행이 결정되어 있던 터였다. 누구보다 먼저 배워서 본인의 강좌에 접목하고 싶었던 계획이었는데, 코로나로 주춤하게 됐으니 마음이 얼마나 조급했을까. 한국의 많고 많은 꽃차 선생 중에 나를 선택하여 배우고 싶다고 이때껏 기다려 주고 있다. 빠른 시일 내에 화상으로라도 꽃차 강좌를 시작해야 할 상황이었다.

2019년, 일본인들과 참으로 많은 인연을 맺었다. 한 번의 만남으로 스쳐 지나간 인연도 많았지만 두세 번의 만남으로 필연이 된 사람도 적지 않다. 후쿠오카 정보지에 꽃차랑을 소개하기 위해 와 준 취재진도 생각나고, 한국에 유학 온 여리여리한 대학생 유튜버, 방학을 맞이하여 이모와 엄마와 함께 꽃차클래스를 찾았던 쌍둥이 자매, 초상권이 있어 함부로 사진을 공개하지 말라던 유명 요리연구가 모녀도 생각난다. 시노부 상은 한국을 두 달에 한 번 정도 다녀간다고 했다. 일본에서 교사를 하는 그녀는 주말을 이용하여 2박 3일 또는 1박 2일씩 우리나라를 여행하는데 친구와 함께 꽃차랑도 찾아 주었다. 그 밖에도 일본 여행 에이전시, 일본 현지의 수성구 명예홍보대사, 재한 일본여성모임 등등 적게는 5명에서 많게는 20명까지 일본인들이 삼삼오오 꽃차랑을 다녀갔다.

　나에게서 첫 꽃차 자격증을 받아 간 미모의 안도 아키 상은 그중 각별한 인연이다. 그녀는 후쿠오카에 거주하는 피부 에스테틱 전문가이다. 봄부터 가을까지 총 세 번에 걸쳐 나에게 꽃차를 배우러 왔다. 꽃차에 대한 열정이 나만큼 대단했던 여성이다. 항공료와 숙박비와 통역비는 물론이고 고액의 수업료까지 기꺼이 부담하였다. ─당초 3명이 신청하였으나 두 명에게 사정이 생기자 세 사람 수업료 전액을 부담하였다. ─한 번 올 때마다 3박 4일 체류 일정으로 후쿠오카와 대구를 오가며 꽃차 자격증을 기어코 취득했다.

　아키 상을 가르치면서 비슷한 듯 다른 한국과 일본의 정서 차이를 군데군데서 확인하기도 했다. 하지만 특정 꽃에 대한 이야기를 주고받을 때는 뭔가 통하는 공감대를 느꼈다. 아침에만 잠깐 피었다가 해가 뜨면 지고 마는 나팔꽃을 설명하며 '아침에 피었다가 저녁에 지고 마는~' 하고 유행가를 한 곡조 뽑으니 나팔꽃의 일본말인 '아사가오(あさがお)'가 '아침 얼굴(朝顔)'이라고 아키 상이 덧붙여 주기도 했다. 아주 정교하고 진지하게 꽃차를 만드는 그녀의 태도는 칭찬할 만했다. 정확한 수치로 (꽃차 만드는 방법을) 제시해 주기를 원했던 아키 상에게 한 꼬집, 한 줌, 한 30분, 하룻밤 정도 등의 어림짐작을 얘기하는 나와의 괴리감을 그녀는 문화의 차이 때문이라고 이해했을지. 그때의 경험으로 나도 정확한 수치를 제시하려고 노력하게 되었지만 아직까지 한 꼬집, 하룻밤을 말하고 있다.

그녀가 세 번째, 즉 대구를 마지막으로 방문했을 때 우리나라는 완연한 가을이었다. 기다리던 자격증을 그녀의 품에 안기고는 일부러 시간을 만들어 사문진 나루터로 데려갔다. 통역하는 권 선생도 동행했다. 손에는 작은 대바구니 하나씩 들려서 말이다. 가을날 한낮에 도착한 그곳은 잔잔한 강물이 반짝거렸고 자전거 길을 따라 길게 펼쳐진 야트막한 언덕에는 노란 산국이 지천이었다. 눈이 시리게 파란 하늘 아래서 우리는 향기 짙은 산국을 한 줌 바구니에 담았다. 바구니를 머리 위로 받쳐 든 아키 상은 왈츠 춤사위로 우리를 매료시켰다. 말하지 않아도 행복에 겨운 몸짓임을 알 것 같았다. 그 후로 그녀를 만나지 못했고 가끔 연락하여 도움을 주고 싶었으나 언어의 장벽에 막혀 매번 포기하곤 했다. SNS 계정을 통하여 짧은 안부만 묻는 실정이다. 그해, 한국의 가을 하늘을 잊지 않았으면 좋겠다. 그리고 아키 상, 언제나 이치고 이치에(一期一會) 그런 마음으로.

> 같은 사람들이 여러 번 차를 마셔도 같은 날은 다시 오지 않아요.
> 생에 단 한 번이다 생각하고 임해 주세요.
> ─「일일시호일」 중에서

꽃차와 첫 인연인 우메다 상, 일본에서 세미나를 처음 열어 준 카나이 상, 외국인으로는 첫 자격증을 받아 간 아키 상 모두가 나에게 소중한 인연이다. 소중한 인연을 연결해 주는 수성구청 조 선생과 통역사 권 선

바구니를 머리 위로 받쳐 든 아키 상은 왈츠 춤사위로 우리를 매료시켰다. 말하지 않아도 행복에 거운
몸짓임을 알 것 같았다.

생에 대한 고마움은 말할 것도 없다. 우메다 상과의 강좌 진행은 벌써 초 읽기에 들어갔고(책이 출간될 즈음에는 이들의 강좌도 끝이 났겠지.), 오사카 강 좌도 일정이 협의되는 대로 시작할 것이다. 나는 어떻게 최선을 다할 것 인가, 꽃차가 좋다고 지속적으로 열광하는 그녀들에게.

― 에 필 로 그 ―

　　잘 다녀오겠다는 짧은 인사만 남기고 수현이 모습이 총총히 사라졌다. 8월 염천의 한낮이 왜 이렇게 시릴까. 수현이를 입대시키고 대구로 돌아오는 길. 남편은 마음이 서운한지 아니면 내 눈치를 보는지 아무런 말이 없고 운전에만 열중했다. 허허로운 마음이야 내가 더할 터. 창밖으로 보이는 풍경들만 뚫어져라 바라볼 뿐 차 안은 정적만 남아 있다. 1년 반, 잘하고 돌아오겠지. 아직 늦더위가 한창인데 하늘은 높고 푸르며 햇빛에는 가을색이 묻어 있었다.

　　새벽에 출발했던 양주행 일정은 집 근처 사진관 앞에서 끝이 났다. 입대를 앞두고 며칠 전 찍은 가족사진을 찾았다. 그리고 지금, 나는 지나온 여정을 갈무리하기 위하여 꽃차랑에 불을 켜고 노트북을 펼친다.

이런저런 생각들이 머릿속을 들고난다. 백 살까지 산다 치더라도 벌써 반환점을 돌고도 한참을 왔다. 마음은 한창인데 감각은 무뎌지고 본능도 갈팡질팡할 때가 잦다. 나이 듦과 살아갈 날들에 대한 막연한 두려움에 가끔은 가슴이 묵직할 때도 있다. 그렇더라도 돌아보면 내 인생 큰 굴곡 없이 여여(如如)하였다. 감사한 일이다. 기적이 찾아온 적도 있었다. 머릿속에 지우개를 가지고 살던 엄마가 흔적도 없이 사라졌던 세 시간. 실낱 같은 희망과 간절함으로 이끌리듯 찾아간 곳에서 엄마를 찾았고, 나는 그날 기적을 믿게 되었다. 그런 기적은 평생 다시없겠지만 내가 꽃차를 만나고 교감하며 기록했던 흔적이 활자로 정돈되어 세상에 나온다는 사실도 나에게는 또 하나의 기적이자 행운이다.

남쪽 지방에서 붉은 애기동백이 꽃망울을 터뜨릴 무렵, 서투른 나의 글을 지면으로 옮기기 시작하였고 하얀 목련의 계절을 지나 찔레와 수레국화 피고 지고 맨드라미 빨갛게 익어 가는 계절에 마침표를 찍게 되었다. 책을 한 권 내는 일, 꼭 이루고 싶은 바람이었으나 막연하기만 했는데 막상 끝이 보이는 지금 이 순간 소회가 남다르다. 홀가분하기도 하고 무엇인가 중요한 것을 놓치지는 않았는지 염려도 된다. 그러나 지나온 나의 어느 한 시절을 다시 한 번 되돌아보고 정리하는 계기가 되었다는 점에서 감회가 새롭다. 훗날 세상에서 내가 없어지는 날이 오더라도 왔다 간 흔적 하나쯤 남아 있어야 하지 않겠는가.

책을 썼으니 많은 사람들이 읽어 주었으면 좋겠다. 나의 감성 주머니를 여러 독자들과 공유했으면 좋겠다는 말이다. 처음엔 기분에 도취

되어 나의 감정을 아낌없이 표현하고 싶었으나 독자들이 자칫 부담스럽거나 거부감을 느낄 수 있다는 생각에 덜어 내고 절제하며 간결하고 담담하게 써 내려갔다. 시중에 쏟아지는 기술서와는 차별을 두고 싶었다. 그럴지언정 눈물을 짜내는 신파가 되는 것 또한 원하지 않았다. 부디 감정은 내가 다 감수할 테니 읽으면서 상상으로 충분히 꽃과 꽃차를 느낄 수 있었으면 좋겠다는 바람이다.

책이 세상에 나온다고 하여 내 인생이 하루아침에 180도로 뒤바뀌는 일은 없을 것이다. 여전히 나는 새소리에 잠을 깨고 옥상에 핀 나팔꽃을 따러 갈 것이다. 한동안 군에 간 수현이의 빈자리를 채우느라 더 열심히 꽃차를 만들지도 모른다. 꽃차를 만드느라 어느 날은 밤을 하얗게 새우고도 종종걸음으로 교육원에 갈 수도 있겠다. 곧 가을이 오면 구절초, 산국화 따러 김천엘 가야 하고, 다시 봄을 기다려 매화차와 목련꽃차도 만들어야 한다. 양손 무겁게 무거운 짐 바리바리 들고 멀리 특강을 나가도 행복하겠다. 일본 사람들과의 수업도 재미있다. 그리고 나는 가족의 안녕과 건강을 위하여 매일 기도하는 일도 게을리하지 않을 것이다. 부디 버거운 상황이 닥치더라도 사람은 원망할지언정 꽃차가 내 어깨에 짐이 된다는 생각은 하지 않기를 희망한다.

나는 기대한다. 내 책을 읽고 누군가는 추억을 소환하고 한때를 그리워하는 아련함에 빠져 볼 일이며 또 어떤 이에게는 아픈 마음에 위로가 되고 치유의 기회가 되기를 바라는 작은 소망 하나쯤 품어 본다. 격려의 메시지도 받아 보았으면 좋겠다.

코로나라는 복병이 한동안 세상을 마비시키고 순조롭던 일상을 흔들어 놓았지만 오롯이 잃어버린 시간만은 아니라는 생각이다. 정신을 차리고 보니 여느 여름보다 훨씬 더 분주하고 바쁜 시간을 보내고 있다. 책을 쓰는 경이로운 결과도 맞이하게 되었고 꽃에 대한 궁금증으로 시작한 박사과정도 한 학기만을 남겨 두고 있다. 학위 취득이라는 높은 산을 올라야 하는 힘든 여정이지만 조심스럽게 도전의 의지를 다져 본다.

꽃차를 만드는 일도 게을리하지 않았다. 칡꽃차, 연꽃차, 마리골드꽃차 등 여름꽃차도 부지런히 만들어 놓았다. 봄에 심은 박하 잎이 하도 좋아 비비고 비벼서 발효차를 만드느라 지금 내 손은 온통 누렇고 손톱 밑은 새까매졌다. 큰맘 먹고 큼지막한 꽃차 저장고도 하나 마련했다. 지금 시골 텃밭에는 도라지꽃이 새벽마다 꽃망울 터뜨리는 소리 요란하다. 남의 집 수십 평보다 내 꽃밭 두 이랑이 훨씬 알차다. 열매를 맺을 때까지 계속 꽃을 피워 대는 덕분에 올해도 도라지꽃차를 수북하게 만들었다. 파란 잉크 색깔 찻물을 토해 내는 도라지꽃차는 맛도 구수하여 색·향·미 어느 것 하나 빠지지 않는 꽃차인데, 식약처에 식용 꽃으로 등록되지 않아 교육용으로만 일부 사용하고 있다. 도라지꽃이 식용 꽃으로 등재되는 그날을 손꼽아 기다려 보기로 한다. 마리골드도 일주일이 멀다 하고 몇 바구니씩 꽃을 수확하고 있으며, 맨드라미도 웃자란 잎을 쳐 내고 곁가지를 잘라 주었더니 기가 막히게 예쁜 색의 튼실한 꽃으로 익어 가고 있다.

이제 가을을 준비해야 할 때다. 봄과 여름에 열심히 꽃을 피웠던 삼색제비꽃과 캐모마일, 금잔화, 수레국화가 물러간 빈자리에는 노란 국화를 심어 놓고 가을을 즐겨 볼 요량이다. 내 인생 내일도 어제와 같이 여여하기를.

서점의 판매대에 내 책이 떡하니 꽂히고 초록창에 신간으로 검색될 새봄을 상상해 본다. 일주일에 한 번쯤은 서점을 들러 내 책의 안부를 살피기도 하겠거니와 혹시나 내 책을 읽고 리뷰를 올려 줄 독자도 생겨나길 희망한다. 이왕이면 중쇄를 찍는 기적이 일어날 수 있도록 지금부터 발도 좀 넓혀야겠다(꼼수 좀 보이면 어떤가). 어느 날 예고 없이 나에게 찾아온 꽃차로 나는 지금 매일매일 기적 같은 하루하루를 만들어 가고 있다. 감사한 마음을 듬뿍 담아 향기로운 꽃차 한 잔 우려 보겠습니다.

봄을 우려 그대랑

첫사랑이 문득 그리운 날
순백의 마음 담은 하얀 목련 한 잔 우리겠습니다

고단했던 이 땅의 언니들에게
엄마의 온기 담은 찔레꽃 한 잔 드리고 싶습니다

먼 길 떠나는 친구의 사진 앞에
영원의 꽃 마리골드 한 잔 올리겠습니다

무던히도 한결같은 당신에게는

존경의 마음 담아 끝사랑의 백화차 한 잔 우리겠습니다

향기로운 한 잔의 꽃차가

당신의 마음에 편안한 쉼표가 되기를

봄을 우려 그대랑, 꽃차랑.

— 권 광 미